I0748034
AQUA TERRA IGNIS AER
ZA
ZODIAC
ACADEMY
SCHAMPUS MIT A. N. U. S.
CAROLINE
PECKHAM
SUSANNE
VALENTI

BÜCHER VON CAROLINE PECKHAM & SUSANNE VALENTI

Ruthless Boys of the Zodiac
Dark Fae
Savage Fae
Vicious Fae
Broken Fae
Warrior Fae

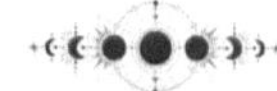

Zodiac Academy
Origins (Novella)
The Awakening
Ruthless Fae
The Reckoning
Shadow Princess
Cursed Fates
The Big A.S.S. Party (Novella)
Fated Throne
Heartless Sky
Sorrow and Starlight
Beyond The Veil (Novella)
Restless Stars
The Awakening: As Told by The Boys (Alternate POV)
Live and Let Lionel (Alternate POV)

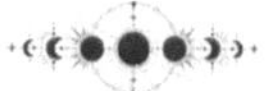

Darkmore Penitentiary
Caged Wolf
Alpha Wolf
Feral Wolf
Wild Wolf

Sins of the Zodiac
Never Keep

A Game of Malice and Greed
A Kingdom of Gods and Ruin
A Game of Malice and Greed

Age of Vampires
Eternal Reign
Immortal Prince
Infernal Creatures
Wrathful Mortals
Forsaken Relic
Ravaged Souls
Devious Gods

Caroline Peckham & Susanne Valenti

Schampus mit A. N. U. S
Eine Zodiac Academy Novelle
Zodiac Academy #5.5
Copyright © 2022 Caroline Peckham & Susanne Valenti

Deutsche Übersetzung von Tatjana Becijos für Literary Queens
Buchsatz & Design von Wild Elegance Formatting
Kartendesign von Fred Kroner
Illustrationen von Stella Colorado
Stock art von Depositphotos

Schampus mit A. N. U. S/Caroline Peckham & Susanne Valenti, 1. Auflage
ISBN: 978-1-916926-70-7

Schmort meine Melonen und tränkt sie in Hummus! Hiermit erkläre ich, dass dieses Buch den wahren Königinnen und ihrer Allmächtigen Nationalen Union der Souveränität gewidmet ist. Möge ihre Herrschaft schneller kommen als eine Feige in der Tasche eines galoppierenden Ponys. Es leben die Vega-Prinzessinnen!

WILLKOMMEN AN DER ZODIAC ACADEMY!

HIER IST DEIN CAMPUSPLAN.

Hinweis an alle Studenten: Vampirbisse, der Verlust von Körperteilen oder das Verirren im Wimmernden Wald gelten nicht als Entschuldigung für das Zuspätkommen zum Unterricht.

Klicke auf die Karte, um sie näher zu betrachten!

Zodiac Academy
Erd-Höhle
Pitball-Stadion
Saturn-Auditorium
Uranus-Krankenstation
Haus Aqua
Lunar-Lounge
Neptun-Turm
Wasser-Lagune
Plu-Bür
Schwelende Quellen

Asteroidenplatz
Haus Terra
Jupiter Hall
Orb
Mars-Laboratorien
Erd-Observatorium
Venus-Bibliothek
Kammern des Merkur
King's Hollow
Heulende Wiese
Wimmernder Wald
Haus Aer
Feuer-Arena
Luft-Bucht

Scorpio
Virgo
Gemini
Cancer
Aries
Leo
Sagittarius
Taurus
Capricorn
Aquarius
Libra
Pisces

GERALDINE

KAPITEL 1

Hüpfende Himmelsstürmer, die bevorstehende Mondfinsternis musste doch sicherlich das sensationellste Ereignis der Woche sein!

Der Sand war kühl unter meinen Füßchen und die Luft warm auf meiner Haut, während ich in Unterwäsche zum Rhythmus des Mondes tanzte. Das Lied, das gerade lief, hatte eine andere Klangfarbe angenommen und ich wiegte meinen Kopf im Takt dazu. Meine nassen Haare rauschten und schwirrten, während ich mich im Takt der Musik räkelte.

Meine Füße setzten sich in Bewegung, und ich entfernte mich von meinen Freunden, die weiterfeierten, während mich ein seltsamer Sog in Richtung Ufer lockte.

Ich schloss die Augen, und mein Herz klopfte wie eine steppende Ente, als ich mich der Quelle der verlockenden Musik näherte.

»Hey, Grus«, sagte eine verführerische Stimme, und ich öffnete die Augen, um einen Blick auf den Besitzer dieses betörenden Klangs zu werfen.

»Max?«, fragte ich überrascht und mit heiserer Stimme. Als ich den Blick hob, sah ich, dass er wie ein magnifiker Meermann auf dem Fels saß.

Seine Brust war nackt und von fischartiger Verlockung, und seine marineblauen Sirenen-Schuppen glänzten vor Feuchtigkeit. Aber es war seine prachtvolle Männlichkeit, die mich anzog, wie der Mond eine Melone.

Er hatte das dunkelste, schmutzigste und teuflischste Lächeln, und mein Blick blieb an seinem Mund hängen, während meine Gedanken von all den raffinierten Dingen beherrscht wurden, die ich mit ihm anstellen wollte.

»Na, wenn das nicht Mr. Obstsalat inklusive einer großen reifen Banane ist«, säuselte ich und trat näher.

»Bist du meinem Ruf gefolgt?«, fragte er, und als er seinen Blick über mich gleiten ließ, war das wie flüssiges Kerzenwachs. Und ein Feuer entzündete sich zwischen meinen Schenkeln in meiner Lady Petunia.

Meine Lippen teilten sich, als ich der schmutzigen Spur meiner Gedanken bis zu seinem Hosenbund folgte und mich fragte, wie weit diese Schuppen wohl reichten … Würde er sich wie ein schlüpfriger Lachs oder ein windiger Wurm anfühlen?

Ich blinzelte heftig, als mir plötzlich klar wurde, was diese verdammte Musik bedeutete. In meinem Mondrausch hatte ich meine mentalen Mauern fallen lassen – und er hatte mich mit seinem Lockruf betört.

Ich biss die Zähne zusammen, während ich meine Mauern wieder hochzog. Sofort verstummte die Musik.

Er war nach wie vor ein echt leckerer Happen Männerfleisch, aber ich hatte nicht vor, heute von einem Erben zu naschen.

»Hörst du wohl mit deinem verführerischen Unsinn auf, du komisches Krustentier!«, tadelte ich ihn. »Geht es über deine Fähigkeiten hinaus, eine Dame zu umwerben, ohne sie mit deiner Pökelkraft zu bearbeiten?«

Max neigte den Kopf, und sein Blick glitt über meine rote Unterwäsche, woraufhin ich errötete. Ich hatte eigentlich die mit den kleinen Karotten darauf tragen wollen, aber Mylady Tory hatte darauf bestanden, dass mir das Muster nicht stand. Also hatte ich mich von ihr überreden lassen, dieses scharlachrote Prachtstück zu kaufen. Es war eindeutig zu verführerisch, wenn ich damit einen trötenden Thunfisch in meine Gewässer gelockt hatte.

»Wenn du mich entschuldigst, ich habe noch etwas vor. Der Mond wartet auf keine Fae.« Ich drehte dem feuchten Franz und seinem Felsen den Rücken zu und schlenderte am Strand entlang davon.

»Grus!«, rief er mir nach, und ich drehte mich um und zog eine Augenbraue hoch. »Wohin gehst du?«

»Zum Tanz mit den Tautropfen und Fae-Fliegen – auf einem Regenbogen aus Sand!«, rief ich, bevor ich mich wieder abwandte.

Der Puls der Musik ließ mich im Takt einer bebenden Bongo am Strand entlang tänzeln, aber bevor ich weit kam, ergriff eine Hand die meine – und ich wurde im Kreis gedreht wie ein Pegasus auf einem Karussell.

»Lass mich dich begleiten«, sagte Max mit tiefer, kehliger Stimme und einem flehenden Blick, dem ich nur schwer widerstehen konnte.

Die Schwingungen des Mondes bewegten sich unter meiner Haut, und mein Handgelenk strahlte Wärme aus.

Pelzige Pantoffeln am Sonntagmorgen!

»Okay«, hauchte ich. Keine weiteren Ausführungen, nicht einmal ein »mit Verlaub«. Ich antwortete mit nur einem Wort – und das war wahrhaftiges Modernes-Mädchen-Gehabe. Und einfach so hatte ich einen Erben an der Angel.

Seine Hand war warm in meiner, als wir zum Takt der Musik, die sich ihren Weg über den Strand bahnte, zu tanzen begannen.

Max stellte sich hinter mich und schlang seine Arme um meine

Taille, bis wir aneinandergepresst waren wie zwei Karotten in einem Standmixer.

Mein heißer Hintern rieb sich an seiner Seegurke, während er seinen harten Kamm fest gegen mich drückte. Und schon bald keuchte ich vor Verlangen.

Der Mond hing heiß und schwer am Himmel; das verschlagene Flüstern gab Lady Petunia freie Hand, Ärger zu verursachen. Und sie war auf der Jagd.

Max packte meine Taille und wirbelte mich herum, woraufhin sein Mund meinen Mundwinkel berührte, als er sich vorbeugte, um mir einen Schmatzeroo aufzudrücken. Aber mit einem neckischen Lächeln hielt ich ihm lediglich meine Wange hin.

Bei einer Lady muss man sich eine Kostprobe zuerst verdienen.

»Fuck, Geraldine, wie hart willst du mich dafür arbeiten lassen?«, fragte Max. Seine dunklen Augen nahmen mich gefangen und ließen meine Entschlossenheit dahinschmelzen wie eine Wachskerze über einem Feuer. Aber er war ein Erbe. Sich mit seinen Tentakeln einzulassen, schien mir die wahrhaftigste Form des Wahnsinns zu sein, selbst wenn der Mond mich zu ihm hinzog. Und ich wusste kaum etwas über ihn, abgesehen von seiner Liebe zur salzigen Wildnis des Meeres.

»Wenn du meine Untiefen kennenlernen willst, musst du mir schon etwas Handfestes bieten«, neckte ich ihn. »Eine Lady tummelt sich nicht mit einem Fremden herum, egal, wie verführerisch seine Schuppen auch sein mögen.«

Max setzte ein dunkles Lächeln auf und scannte kurz den Strand, bevor er meine Hand aufs Neue ergriff und mich hinter sich herzog.

»Komm schon«, sagte er, und plötzlich war er ein völlig seriöser Salamander. »Ich möchte dir etwas zeigen.«

Ich zögerte, blickte über den salzigen Sand zu meinen treuen

A. N. U. S.-Freunden zurück und fragte mich, ob ich diesem Tunichtgut wirklich trauen sollte. Aber meine Füße bewegten sich bereits, und ich spürte, wie der Mond mir einen kleinen Schubs gab.

Mein Blick glitt an seinem schuppigen Torso nach unten, und in mir erwachte ein Hunger, der es mit einem Nilpferd in einer Lagune voller leckerer Algen aufnehmen könnte. Der Wassererbe hatte mich schon oft fasziniert, und ich konnte nicht anders, als seinem Ruf nachzugeben – auch wenn seine Sirenengesänge dank meiner mentalen Schutzschilde nun keine Chance mehr hatten.

»Zeig mir den Weg, guter Mann«, ermutigte ich ihn.

Max kam näher, und sein warmer Atem strich über meinen Hals. »Aber nein, Grus, ich bin alles andere als ein guter Mann«, flüsterte er. »Und wenn ich dich heute Abend mit in mein Bett nehme, wirst du herausfinden, wie schlecht ich tatsächlich bin.«

»Ich bin mir nicht sicher, ob es der beste Weg ist, meinen Nachtgarten in Aktion zu versetzen, wenn du dich als schlecht im Schlafzimmer deklarierst«, stichelte ich, während er weiterhin beharrlich an meiner Hand zog und ich schließlich nachgab.

»Ich bin nicht … Ich bin nicht schlecht. Ich meinte, *schlecht* wie … Ach, ich weiß auch nicht. Auf eine Art und Weise schlecht, die eigentlich gut ist«, sagte Max mit gerunzelter Stirn.

»Oh, ich glaube, ich weiß, was du meinst. Meine liebe Prinzessin Tory nennt mich Badass, aber das bedeutet nicht, dass mein Po eine plätschernde Quelle ist«, riet ich.

»Was? Warum bezeichnet dich Tory als Badass?«, fragte Max verwirrt. »Du bist so spießig, wie man es nur sein kann.«

Darüber musste ich herzlich lachen. »Myladys bringen gern den Schlawiner in mir zum Vorschein«, gab ich zu, während wir die felsigen Stufen erklommen, die sich durch die Klippe zogen und zurück nach oben führten. »Ich war schon an so mancher schmutzigen

Schandtat, skandalösen Sabotage, hinterlistigen Intrige und miesen Mission beteiligt.«

»Ach ja?« Max packte mich an der Taille und drückte mich gegen die schroffe Wand. »Willst du mir eine dieser Geschichten erzählen?«

»Glaubst du wirklich, ich würde die Geheimnisse meiner Ladys verraten?« Ich schnaubte. »Ich würde eher mit einem Narwal die Fäuste fliegen lassen, meine Seele an die Schlange des Meeres verkaufen, oder …«

»Ja, ja, ich hab's verstanden. Du bist heiß auf die Vegas«, sagte Max und verdrehte die Augen. »Wie wäre es, wenn wir für heute Abend einfach vergessen, dass es sie gibt?«

»Lieber vergesse ich, dass ich Brüste habe!«, keuchte ich.

Max' Blick fiel auf meine Brüste, und ein teuflisches Lächeln huschte über sein Gesicht. »Die sind unmöglich zu vergessen«, stimmte er zu.

»Ach, du hemmungslose Hornisse«, tadelte ich ihn und klopfte ihm leicht auf den Arm.

»Okay, aber wir könnten den Abend verbringen, ohne über die Vegas, die Ratsmitglieder, den Thron oder die Erben zu sprechen? Es könnte einfach nur um dich und mich gehen?«, entgegnete Max. Er fing meinen Blick auf, und die Stille um uns wurde schwerer, als er diese einfache Bitte aussprach.

Meine Lippen öffneten sich zum Protest. Die Vegas und der Thron waren das, wofür ich lebte, das, was mich antrieb. So zu tun, als gäbe es sie nicht, war, als würde jemand vorgeben, dass die Sonne am nächsten Morgen nicht aufgehen würde.

»Bitte, Grus«, flüsterte Max. »Ich möchte nur für einen Abend frei von all dem sein. Ich möchte Geraldine kennenlernen. Und ich hoffe, dass du mich auch kennenlernen möchtest?«

Die Stille zwischen uns war wie das süßeste Lied des Trostes, und mein Protest wollte einfach nicht kommen. Der Mond sang mir das ruhigste Wiegenlied und drängte mich, in den tiefen Gewässern Max Rigels zu versinken. Und was war das Schlimmste, das passieren konnte? Wenn ich ihm eine Nacht gab, konnte er doch nicht mehr tun, als meine Flossen nass zu machen. Morgen früh wäre wieder alles beim Alten.

»Für eine Nacht«, stellte ich klar und streckte ihm meine Hand hin, um den Deal zu besiegeln.

Max hob überrascht eine Augenbraue und nahm meine Hand in seine, woraufhin das magische Klatschen ertönte.

Aber er ließ meine Hand nicht wieder los, und ein sündiges Lächeln umspielte seine Lippen, während er mich weiter die Stufen nach oben zog.

Wir rannten, als würde der Wind in unseren Weiden wirbeln und die Zeit uns davonlaufen, dabei hatte ich keine Ahnung, wohin wir überhaupt unterwegs waren.

Wir erreichten die höchste Stelle der Klippe, und Max lachte, bevor er mich zu einem Sprint antrieb. Zusammen rannten wir über die offene Ebene, die diesen Teil des Luft-Territoriums dominierte.

»Vertraust du mir?«, rief Max, während auch mir ein Lachen über die Lippen kam.

Ich sah ihn an und wollte gerade sagen, dass ich eher einer Ziege mit einem Korb voller Socken vertrauen würde, aber das Mondlicht, das in seinen dunklen Augen schimmerte, brachte mich dazu, stattdessen zu nicken.

»Für eine Nacht«, stimmte ich zu, denn es schien, als würde der Mond das von mir erwarten. Und ich war niemand, der sich den Sternen widersetzte.

»Dann lass nicht los!« Max' Griff um meine Hand wurde fester, während er seine andere Hand hob, um Luftmagie zu wirken.

Der Wind peitschte um uns herum und wirbelte meine kastanienbraunen Haare auf wie einen Korb voller Begonien in einer Sommerbrise.

Wir liefen weiter, während das lange Gras wild gegen unsere Beine schlug. Ein weiteres Lachen bildete sich in meiner Kehle.

Der Wind frischte auf, und ein überraschtes Quietschen entfuhr mir, als wir plötzlich in die Luft katapultiert wurden.

Max jauchzte aufgeregt, als ein kleiner Tornado uns in der Kraft seiner Macht gefangen nahm – und ich schrie wie die Todesfee des törichten Torfs.

Ich klammerte mich an seine Hand, als wäre sie mein Anker, während seine Magie uns zu den Sternen und dem Mond hinaufzog, der dem Moment der totalen Finsternis immer näher kam. Ich konnte spüren, wie er uns beobachtete und uns dazu drängte, diesen Moment gemeinsam beim Schopfe zu packen. Und ich wäre schön blöd gewesen, wenn ich seinen Wunsch abgelehnt hätte.

Wir schossen immer höher und höher, ritten auf dem Wind über den Wimmernden Wald und vorbei am Orb. Mein Herz pochte im Rhythmus einer riesigen Pegasus-Herde auf der Flucht.

Max hielt mich fest, während seine Magie uns immer weiter beförderte, bis wir plötzlich über dem See schwebten.

Auf seiner Stirn bildeten sich Falten der Konzentration, als er die widerspenstigen Winde unter seine Kontrolle brachte und wir vollkommen regungslos über dem Wasser hängen blieben wie ein Paar herumschwebender Harpyien.

»Tja, wenn das nicht für nasse Kehlen sorgt, dann weiß ich auch nicht«, hauchte ich.

»Verdammt, Grus, ich weiß nicht, warum, aber wenn du wie eine Verrückte redest, macht mich das verdammt an«, knurrte Max.

Ich wurde rot, als ich die Hitze in seinem Blick spürte, und stieß ein absolut mädchenhaftes Kichern aus.

»Nun, wenn wir schon teuflische Begierden offenbaren, dann muss ich zugeben, dass ich deine breiten Schultern und dein verführerisches Lächeln bereits bei vielen Gelegenheiten bewundert habe«, antwortete ich.

Seine Augen leuchteten mit einem ursprünglichen Hunger, der meine Lady Petunia dazu brachte, sich alle möglichen skandalösen Dinge auszudenken, die ich mit diesem ungezogenen Neptun anstellen könnte.

»Willst du dich mit mir nass machen?«, fragte er plötzlich.

»Was?«, fragte ich stirnrunzelnd, aber er gab mir keine Zeit zum Nachdenken, bevor er den Griff um seine Luftmagie lockerte.

Ich schrie wie ein Neugeborenes, als wir in Richtung See stürzten, und schaffte es gerade noch, meine eigene Magie zu kanalisieren, um das Wasser unter mir in die Höhe zu heben und mich von seiner kühlen Umarmung willkommen heißen zu lassen.

Wie zwei wunderliche Würste sanken wir bis auf den Grund des Sees.

Ich nutzte meine Wassermagie, um Luft zu meinem Mund zu leiten, damit ich atmen konnte, und sah mich nach Max um, den ich in den trüben Tiefen aus den Augen verloren hatte.

Ein Schimmer des strahlendsten Blaus erregte meine Aufmerksamkeit, und ich drehte mich in diese Richtung, wo ich ihn entdeckte. Sofort schoss er mit seinen Sirenengaben an meine Seite.

Meine Augen weiteten sich beim Anblick seiner Schuppen unter Wasser. An Land waren sie schon etwas Besonderes, aber unter den Wellen schimmerten sie in einer irisierenden Schönheit, die das tiefe Blau mit der Farbe von tausend Regenbögen glitzern ließ.

Ich beobachtete, wie er herumtollte, schwamm und tauchte und eine fröhliche Show ablieferte, von der man sich einfach verzaubern lassen musste.

Als er genug davon hatte, sich zu brüsten, schwamm er mit leuchtenden Augen und einem noch strahlenderen Lächeln direkt auf mich zu. Er wirkte hier anders, weniger zurückhaltend und freier. Als hätte er die Last seiner Verantwortung an der Oberfläche zurückgelassen. Als würde er sich hier unten einfach erlauben, er selbst zu sein.

Ich lachte in Form von fröhlichen Blasen, die nach oben in Richtung Mond zogen – jener Mond, der uns in dieser Nacht zusammengebracht hatte.

Als Max mich erreichte, nahm er meine Hände und ließ die Mauern um seine Magie in einer stillen Geste fallen.

Ich zögerte. Wir hatten uns zwar eine Nacht frei von Differenzen versprochen, aber meine Kraft zu öffnen, erforderte eine ganze Menge an Vertrauen. Aber so zuverlässig wie die Taschenuhr meiner Tante Fanny verspürte ich den Wunsch, nachzugeben.

Ich warf alle Vorsicht über Bord und ließ auch die Mauern um meine Kraft fallen, während ich amüsiert grinste, als die Vorfreude in mir wuchs.

Ich keuchte, als seine Kraft in mich eindrang. Sie durchströmte meinen Körper und erleuchtete mich von innen heraus wie ein Feuerwerk, das nur darauf wartete, zu explodieren.

Max' Augen weiteten sich, als meine Kraft auf ihn überging, und wir verharrten in diesem Zustand, während die Tiefen unserer Kräfte einander streichelten. Es fühlte sich so viel intimer an als ein Kuss oder das Aufeinandertreffen unanständiger Unholde. Wir entblößten unsere Seelen und erlaubten ihnen, sich wie Wombats in der Wildnis aneinanderzuschmiegen.

»Scharfe Salami!«, stöhnte ich, aber meine Worte verloren sich in einer Spur von Blasen.

Max zog langsam seine Kraft zurück, und ich folgte seinem Beispiel, als er eine meiner Hände losließ.

Er streckte die Hand in die Höhe, und ich konnte das Echo unserer gemeinsamen Magie im Wasser spüren, während sie langsam zurückglitt und sich von unseren Körpern löste, bis wir plötzlich auf dem sandigen Grund des Sees in einer riesigen Luftblase standen.

Ich neigte den Kopf nach hinten und bewunderte voller Ehrfurcht seine rohe Kraft. Er hatte einen unglaublichen Zauber wie diesen so leicht aussehen lassen, als würde man eine Fae-Fliege in einem Glas einsperren. Und diese lästigen Insekten waren knifflig genug.

»Na, da hat aber jemand tief in seine Zauberkiste gegriffen«, hauchte ich und betrachtete die Wasserkuppel, die über unseren Köpfen schimmerte.

»Du hast ja keine Ahnung«, antwortete Max und kam mir so nahe, dass ich nicht anders konnte, als den Blick zu senken, um seinen zu treffen.

Im nächsten Herzschlag eroberten seine Lippen die meinen, und mein armes Herz hämmerte fast bis zum Anschlag.

Ich stöhnte wie eine Lady der Nacht am Zahltag, als er seine Zunge zwischen meine Lippen schob. Die Hitze in meinem Körper entfesselte sich wie ein Wollknäuel in den Pfoten einer Katze.

Seine Hände glitten über meine feuchte Haut, und ich erkundete die Schuppen, die immer noch den größten Teil seines herkulischen Körpers bedeckten. Sie fühlten sich gleichzeitig kühl wie Stahl und glatt wie Seide an, wie geschmolzene Butter auf dem weichsten aller Bagel.

Er küsste mich mit einer feurigen Leidenschaft, die den Wunsch in mir weckte, meine Strumpfbänder fallen und ihn die ganze Nacht lang von meiner Talulah Gebrauch machen zu lassen.

Ich konnte spüren, wie sein Sirenenzauber auf mich wirkte und mir mehr Lust schenkte, um die Flammen in meinen Lenden zu schüren. Aber ich hielt meine Mauern gegen seine hinterlistige Einmischung in meine Gefühle aufrecht. Ich brauchte ohnehin keine Hilfe, um nach ihm zu lechzen. Seit ich ihn zum ersten Mal gesehen hatte, sabberte ich jedes Mal wie ein Hund beim Abendessen, wenn ich in seine Richtung schaute. Aber eine solche Indiskretion gegenüber einem Erben würde ich an keinem anderen Abend zugeben.

Heute aber würde ich all das vergessen und herausfinden, wer Maxy-Boy unter dem ganzen politischen Getöse und den falschen Meinungen war.

»Du willst, dass ich mir für dich den Arsch aufreiße, was?«, stöhnte Max, als er schließlich den Versuch aufgab, meine Lust zu steigern.

»Willst du damit sagen, dass du der Herausforderung nicht gewachsen bist?« Ich hob die Augenbrauen.

Das Lächeln, das er mir schenkte, schmolz mich von innen heraus.

»Komm mit auf mein Zimmer und ich werde dir beweisen, was ich zu bieten habe«, knurrte er mit einem so unerschütterlichen Versprechen, dass ich es schon fast in meinen Wassern spüren konnte.

Und weil wir vereinbart hatten, heute Abend frei von unseren Überzeugungen zu sein, und der holde Mond offensichtlich auch davon überzeugt zu sein schien, warf ich alle Vorsicht über Bord und nickte.

Wie oft im Leben hatte man schon die Gelegenheit, mit der mächtigsten Sirene Solarias durchs Heu zu rollen? Solange unser Deal stand, würde ich Max definitiv austesten.

Eine Nacht voller Leidenschaft konnte nicht schaden.

»Na gut, du betörender Bückling«, stimmte ich zu. »Mal sehen, ob du den Rasen wässern kannst.«

Gemini
Scorpio
Virgo
Cancer
Aries
Leo
Sagittarius
Taurus
Capricorn
Aquarius
Libra
Pisces

Max

KAPITEL 2

Ich lächelte so breit, dass meine Wangen schmerzten, als ich mit Geraldines Hand in meiner aus dem See watete.

Ihr Blick hatte mir zu verstehen gegeben, dass dies eine einmalige Sache sein würde, aber ich würde hart arbeiten, um sie vom Gegenteil zu überzeugen. Am Ende dieser Nacht würde sie keine Stimme mehr haben, weil sie meinen Namen so oft geschrien hatte, und sie würde diese Hitze zwischen uns nie wieder leugnen können.

Ich wusste nicht, ob es die Vorstellung war, mit dem Feind zu schlafen, die mich so in den Bann dieser Frau zog. Oder ob es die Tatsache war, dass ich in meinem ganzen Leben noch nie ein Mädchen wie sie getroffen hatte und ich einfach süchtig danach war, wie sie mich immer wieder überraschte. Es spielte keine Rolle. Heute Abend würde ich so viele Fantasien wie möglich mit ihr ausleben und beweisen, dass ich meine Sirenengaben nicht einsetzen musste, um sie in die Knie zu zwingen.

Mein Blick fiel auf den Eingang zum Tunnel, der unter dem See hindurch und hinunter zum Eingang von Haus Aqua führte.

»Hast du schon mal auf einem Wasserbett geschlafen, Grus?«, säuselte ich und biss auf meine Unterlippe, während ich sie ansah. Sie kicherte.

»Ich lege meinen Kopf generell lieber auf einen schönen festen Klotz aus Männerfleisch, anstatt mich in Feuchtgebieten zu suhlen, du schmutziger Schwertfisch.«

»Was soll das heißen?«, fragte ich und runzelte die Stirn. Es hatte sich angehört, als würde sie am liebsten jede Nacht mit einem Mann in einem Bett schlafen, was nicht stimmen konnte. Sie hatte keinen Freund, da war ich mir sicher. Ich hatte ihr genug Aufmerksamkeit geschenkt, um das zu wissen … oder etwa nicht?

»Sei keine quengelige Qualle, Maxy-Boy, ich muss meinen Garten genauso oft trimmen wie jeden anderen Rasen auch. Du musst nicht prüde sein, nur weil ich vor heute Abend noch nie an deiner besonderen Variante des Müßiggangs teilgenommen habe. Ich habe keinen Zweifel, dass du hart dafür arbeiten wirst, um sicherzustellen, dass du mir in Erinnerung bleibst.« Geraldine schenkte mir ein spöttisches Lächeln, und ich hatte keine Ahnung, ob sie mich aufzog oder nicht.

»Gerry, hast du einen Freund?«, fragte ich und brachte sie kurz vor dem Eingang zum Tunnel zum Stehen.

»Oh, ich habe viele Freunde. Einer davon ist ein biestiger Barrakuda, der mich in seine Meereshöhle locken will«, säuselte sie, strich mit der Hand über meine Brust und berührte meine Bauchmuskeln, während in ihrem Blick das Versprechen aufflammte, von dem ich die ganze Nacht über Gebrauch zu machen plante. »Willst du unsere gemeinsame Zeit wirklich damit verschwenden, dir Sorgen darüber zu machen, ob ich schon andere Aale in meinen Garten gelassen habe? Oder willst du mich wie ein Knallbonbon knallen, bis ich sie alle vergesse?«

»Die Knallbonbon-Sache«, antwortete ich sofort, und ihre Hand wanderte über meine Taille, bis sie meinen Schwanz durch den dünnen Stoff meiner Shorts packte.

Ich beugte mich vor und stahl einen Kuss von ihren Lippen, während meine Hände nach unten glitten, um ihren runden Hintern zu umfassen. Ich zog sie an mich, drückte meinen Schwanz an sie und entlockte ihr ein Stöhnen. Meine Zunge schob sich in ihren Mund, und die Art, wie sie mich küsste, war alles andere als ladylike. Ihre Finger glitten auf eine Weise an meinem Schaft auf und ab, die mir fast schon Schmerzen bereitete.

»Komm schon«, drängte ich und zwang mich, mich von ihr zu lösen, bevor ich ihre Hand ergriff und sie mitriss.

Wir rannten durch den Glastunnel, der unter dem See hindurch zu Haus Aqua führte, ihre Hand fest in meiner. Das Lachen sprudelte nur so aus ihr heraus, woraufhin ich wie ein Idiot grinsen musste. Sie war so ungehemmt, versuchte nicht, cool oder verführerisch zu sein oder mir irgendeinen Mist zu erzählen, sondern war einfach lebendig und verdammt verrückt und unglaublich sexy.

Ich schoss eine Handvoll Wasser auf das Symbol über der Tür und zog Geraldine hinter mir her, während wir durch die Glaskuppel rannten, die den zentralen Raum von Haus Aqua bildete und den Gemeinschaftsraum beherbergte. Felsenbecken, Whirlpools, eine Bar mit Sitzplätzen in einem Wassertümpel und blau-weiße Möbel bestimmten den Raum, und Geraldine zögerte einen Moment, um sich umzusehen.

Ich knurrte frustriert, berührte wieder ihre Lippen mit meinen, packte ihre Schenkel, hob sie in meine Arme und stöhnte in ihren Mund, während sie ihre Beine um mich schlang.

Ich trug sie halb blind den vertrauten Gang hinunter, der zu meinem Zimmer führte – dem größten im ganzen Haus. Als wir meine Tür erreichten, drückte ich sie dagegen und unterbrach unseren Kuss, um in meiner Tasche nach meinen Schlüsseln zu suchen.

»Bring mich zum Maulbeerbusch, du süßer Seebarsch. Zeig mir, wie man die Venusmuschel fängt. Ich will, dass du mich in deinem Seetangnetz fängst und meine Haare mit Perlmutt schmückst.«

Mein Schwanz drückte gegen meine Hose, und ich stöhnte. Die sinnlosen Worte, die aus ihrem Mund strömten, ließen ihn höllisch hart werden. Warum zum Teufel gefiel mir das so sehr? Hätte ich sie nicht fragen sollen, warum zum Teufel sie mich immer mit sexuell aktiven Meereslebewesen verglich? Ich wusste es nicht – und es war mir auch egal. Ich wusste nur, dass Geraldine Grus, die mich anflehte, meinen Hai in die Dunkelheit zu schicken, eine Million Mal heißer war als ein Mädchen, das mich auf irgendeine konventionelle Art und Weise zum Ficken aufforderte.

Ich schaffte es, meinen Schlüssel ins Schloss zu stecken und die Tür zu öffnen, und wir stolperten ins Zimmer und fielen direkt auf mein Wasserbett, das unter uns schwappte und wackelte, während ich sie unter mir festhielt.

Ich bewegte die Hand in Richtung Tür und schloss sie mit einem Luftzug, bevor ich mich vorbeugte, um ihren BH zu öffnen.

Geraldine schlug meine Hand beiseite, packte meine Schultern und drückte mich unter sich, als würde ich überhaupt nichts wiegen. Und ich war ein großer Kerl, das war also verdammt beeindruckend.

Ich streckte erneut die Hände nach ihr aus, aber sie schlug sie abermals beiseite, stellte sich vor mich und entledigte sich so schnell ihrer Unterwäsche, dass ich aufstöhnte. Dann betrachtete ich ihren nackten Körper, nahm den Anblick ihrer harten Brustwarzen in mich auf und sabberte fast, als mein Blick auf ihre nackte Mitte fiel.

»Ich warte schon eine ganze Weile darauf, auf dieser Seegurke zu galoppieren, Maxy-Boy«, warnte sie mich. »Also sei lieber darauf vorbereitet, dass ich dich wie ein wildes Fohlen zureiten werde.«

Ich zog die Augenbrauen hoch, aber sie ließ mich nicht antworten, bevor sie meinen Hosenbund packte und mir die Shorts runterzog. Ihre Augen weiteten sich hungrig, als sie den Anblick meines harten Schwanzes in sich aufnahm.

»Und ich nenne dich einen Barrakuda, obwohl wir einen Wal in unserer Mitte haben«, säuselte sie und kletterte auf mich, während ich mit klopfendem Herzen nach ihr griff.

Ich packte ihre Hüften, aber sie fing meine Handgelenke sofort auf, schlug sie über meinem Kopf aufs Bett und umschlang sie mit dicken Ranken.

»Was machst du da?«, keuchte ich, als sie ihre glatte Pussy meinen Schaft entlang rieb, während sie die Ranken so dirigierte, dass sie mich ans Bett fesselten. Ich spürte, wie sie sich auch um meine Knöchel schlangen und meine Beine weit auseinanderdrückten, als sie sie am Fußende des Bettes festband.

»Oh, du Dummerchen«, sagte Geraldine und sah mit wilden Augen auf mich herab. »Du dachtest doch nicht, dass du hier das Sagen hast, oder?«

Bevor ich in irgendeiner Form protestieren konnte, führte sie meinen Schwanz zu ihrer Öffnung und ließ sich mit einem hungrigen Stöhnen auf mich herab. Ich knurrte vor Verlangen. Ich konnte die Lust spüren, die von ihrer Haut ausging, und schürte meine Magie mit ihrer Kraft. Das Vergnügen, das sie durchströmte, als sie sich zu bewegen begann, veranlasste mich dazu, mit den Zähnen zu knirschen.

»Süßer Honigkuchen, du bist wirklich ein gut bestücktes Seepferdchen«, keuchte Geraldine, während sie ihre Hüften über mir wiegte und den Kopf in den Nacken warf, sodass ihre langen Haare über ihren Rücken schwangen, während sie mich ritt. »Bring mich zum Rosenbeet und stich mich mit deinen Dornen!«

Ich stöhnte angesichts ihres Unsinns, während das Gefühl ihrer engen Pussy meinen Schwanz in ihr zum Zucken brachte, und ich stieß meine Hüften nach oben, um ihre zu treffen, als sie sich das nächste Mal nach vorn beugte.

»Mit! Verlaub!«, schrie Geraldine bei jedem Stoß, ihre Hände tasteten nach ihren Brüsten, während ich mich gegen die Ranken stemmte, mit denen sie mich festgebunden hatte.

»Lass mich dich berühren!«, verlangte ich und spannte meine Muskeln an, um zu versuchen, die Ranken zu durchbrechen, die mich mit roher Gewalt unter ihr fixierten.

»Spar dir deine seidenen Worte, du bestialischer Junge! Ich weiß, was du mit mir vorhast. Aber ich werde dich zuerst beanspruchen«, knurrte sie, und ihre Stimme klang für einen Moment wie das Bellen eines Hundes, als ihre Formgebung zum Vorschein kam. »Jetzt sei ein braves Seefeigenfrüchtchen und lass mich dich richtig reiten!«

Ich stöhnte, als sie sich über mich beugte und ihre Hände auf meine Schultern legte, während sie mich härter fickte. Sie nahm sich genau das, was sie wollte, und schrie dabei alle möglichen verrückten Dinge, während sie meinen Körper zu ihrem Vergnügen benutzte.

Sie war rau und animalisch, die prüde und korrekte Lady völlig vergessen, als sie mich wie eine Wildgewordene fickte, biss, wenn sie mich küsste, und mich dort zum Bluten brachte, wo sie ihre Fingernägel in meine Brust bohrte.

»Komm nicht zu früh, du kratzbürstiges Krustentier!«, warnte Geraldine, beugte sich vor und versenkte ihre Zähne in meiner Brustwarze, sodass meine Hüften sich noch stärker unter ihr aufbäumten, bis sie ihre Fingernägel schließlich tief in meine Schultern bohrte und einen einzigen hohen Schrei ausstieß, der ewig anzuhalten schien.

Ich riss mit aller Kraft an den Ranken, die meinen rechten Arm festhielten, bis sie schließlich brachen.

Während Geraldine sich nach vorn lehnte, um wieder zu Atem zu kommen, schuf ich mit meiner Magie eine Klinge aus Eis und durchtrennte schnell auch den Rest der Ranken.

»Jetzt zeige ich dir, was ein hemmungsloser Hai für dich tun kann, Gerry«, keuchte ich, packte ihre Hüften und zog sie von meinem Schoß.

Sobald ich mich hinter ihr positioniert hatte, drückte ich ihr Gesicht ins Wasserbett und zog ihren Hintern nach oben, um ihn zu kneten. »Gut festhalten!«

Sie schrie auf, als ich in sie hineinstieß, und ich knurrte hungrig, weil ich endlich die Kontrolle über die Situation hatte. Ich vergrub mich tief in ihr und genoss es, wie sie bei jedem Stoß nach Luft schnappte.

»Ich sündige mit einem Seebarsch und verheddere mich in seinen Tentakeln«, stöhnte sie. »Ich bin eine lüsterne Lady vom Ufer, die ihre Zehen in salziges Wasser taucht.«

Ich stieß fester in sie hinein, und ihr nächster Fluch wurde von der Matratze verschluckt, die unter uns schwappte und hüpfte und mich fast das Gleichgewicht verlieren ließ. Mein Schwanz drängte verzweifelt nach Erlösung, und ich begann, mich immer schneller zu bewegen. Das Einzige, was Geraldines Lippen entkam, waren wahllos aneinandergereihte Fischnamen.

»Forelle. Lachs. Aal. Delfin. Karpfen. Guppy. Wels. Barsch. Neonsalmler. Kabeljau. Sardine. Tintenfisch. Thunfisch. Barrakuuuuuuuuuda!«

Geraldines Pussy umklammerte meinen Schwanz, und der Rausch der Lust, der sie durchströmte, strahlte dank meiner Sirenengaben auch auf mich aus. Ich stöhnte, als ich tief in ihr kam, wissend, dass ich nie wieder einen Fisch würde anschauen können, ohne an sie zu denken. Mein Körper bebte und mein Schwanz zuckte vor Lust.

Ich blieb tief in ihr, bis ihr Orgasmus nachließ. Schließlich zog ich mich zurück, ließ mich schwer neben ihr aufs Bett fallen und brachte es damit gehörig zum Wackeln.

Mit geweiteten Pupillen und schwer atmend drehte sich Geraldine zu mir um.

»Ich habe dir gesagt, dass ich deine Welt erschüttern würde, Grus«, neckte ich sie, als sie sich neben mich setzte.

»Noch hast du das nicht geschafft, du trällernder Tintenfisch«, antwortete sie, kroch auf mich und bewegte sich an meinem Körper hoch, bis ihre Schenkel direkt über meinem Mund gespreizt waren. »Aber du kannst dich nützlich machen, bis dein langer Lurch wieder einsatzbereit ist.«

Ich hätte mich darüber aufregen sollen, dass sie immer wieder die Kontrolle über mich übernahm, aber irgendwie machte es mich an, also schenkte ich ihr stattdessen mein schmutzigstes Lächeln und packte ihren runden Hintern so fest, dass meine Finger darin versanken.

»Dein Wunsch ist mir Befehl«, versprach ich ihr, während ich sie nach unten zog, damit ich sie schmecken konnte. Und schon bald schallten ihr Stöhnen und ihre verrückten Ausrufe aufs Neue durch mein Zimmer.

36

Many Moons Later...

)))) ● ((((

Gemini
Scorpio
Virgo
Cancer
Aries
Leo
Sagittarius
Taurus
Capricorn
Aquarius
Libra
Pisces

GERALDINE

KAPITEL 3

Dieser Tag sollte der prächtigste werden, den Solaria je erlebt hatte. Mit federndem Schritt verließ ich das Erd-Territorium durch die gewundenen Tunnel, die tief unter die Erde führten, und fand mich in den schimmernden Sonnenstrahlen des Sommers wieder. Ach, Sommer, du wildeste und wunderbarste aller Jahreszeiten. Der Frühling hatte Lady Petunia regelrecht zur Dirne gemacht und sie dazu gebracht, viele Gentlefae mit ihren Reizen umgarnen zu wollen. Aber jetzt, da der Sommer gekommen war, wollte sie einen einzigen Galan finden, mit dem sie die romantischste aller Jahreszeiten verbringen konnte. Das war ihr Stil – sie schwang wie eine Wetterfahne im Wind.

Ich schritt über den federnden Rasen auf den Orb zu und schmeckte die Vielzahl an Möglichkeiten in der Luft.

Da Samstag war, würden Myladys heute Morgen nicht mit mir frühstücken. Aber ich würde dafür sorgen, dass an diesem ganz besonderen Tag ein Festmahl auf ihre Zimmer gebracht wurde. Es war der Tag, an dem die Sterne beschlossen hatten, meine Prinzessinnen zu gebären und wie zwei kostbare Diamanten an die Brust der Königin zu legen. Ihr Eintritt in diese Welt war sicherlich nichts anderes als göttlich gewesen. Ein Moment, von dem ich schon oft geträumt hatte. Ach, wie sehr ich mir doch wünschte, alt genug zu sein, damit ich dabei hätte sein können. Oh, aber das gleiche Geburtsjahr wie die Vega-Zwillinge zu haben, war ein Geschenk an sich. Ich würde ein solches Angebot der Sterne niemals verschmähen.

Die weitläufige Wiese fiel vor mir ab, als ich mich auf direktem Weg zum Orb machte, und als ich ankam, war ich die Erste dort. Das war nicht überraschend. Ich war oft schon bei Tagesanbruch auf den Beinen und munter genug, um mich auf den Weg zum Frühstück zu machen, um sicherzustellen, dass heiße buttrige Bagels für meine Königinnen bereitstanden.

Heute hatte ich einen weiteren Grund, wie ein Vogel mit der Sonne aufzustehen, um nach einem saftigen Wurm zu suchen. Ich musste mich auf dieses bedeutsame Ereignis vorbereiten. Der elfte Tag des sechsten Monats – oh, was für Zahlen! Sie waren an einem wundersam kraftvollen Tag geboren worden. Die Elf war der Inbegriff von Stärke, ein Vorbote herrlicher Botschaften. Ihr Schicksal war von Stern zu Stern geflüstert worden, und ihre glänzenden, prallen Babypopos waren seit dem Moment ihrer Geburt darauf vorbereitet worden, eines Tages auf einem Thron zu sitzen.

Ich betrat den Orb und machte mir einen Kaffee, um meine Knospen zum Kribbeln und meine Energie zum Pumpen zu bringen. Holla, die Waldfae – ein guter Koffeinschub war etwas Fantastisches. Fast so gut wie ein Bad in den Polarseen des Nordens, während man eine frostige Noombeere aß. Ich holte meinen Atlas heraus, um meine Unterlagen zu den heutigen Ereignissen aufzurufen, als ein unliebsamer Aal mit einem Casanova-Lächeln im Gesicht zur Tür hereinkam.

»Ich dachte mir schon, dass du hier bist, Gerry«, sagte Max und strich mit der Hand über seinen imposanten Iro. »Wir brauchen deine Hilfe.«

»Ich nehme an, mit *wir* meinst du dich und das hinterlistige Trio, das du deine Freunde nennst.« Ich schnaubte.

»Na ja, ja. Aber es geht um die Vegas«, sagte er mit verführerischer Stimme. »Und um ihren Geburtstag.«

»Warum in den blauen und ewigen Weiten des Himmels interessiert dich und diese nichtsnutzigen Neptun-Nörgler der Geburtstag der Vegas?« Es fiel mir schwer, nicht darauf zu achten, wie teuflisch gut er heute aussah in diesem taillierten Hemd in der Farbe eines Delfins, der im silbernen Licht des Mondes auf einer Meereswelle ritt.

»Weil Darius Tory beeindrucken will und Darcy aufgemuntert werden muss. Darius hat bereits mit der Dekoration begonnen und …«

»Wie? Was?«, keuchte ich. »Dekorationen? Welche Dekorationen? Max Rigel, bitte sag mir sofort, dass Darius, der dreckige Drache, es nicht auf sich genommen hat, eine P-A-R-T-Y für die Vegas zu veranstalten. Für *meine* Königinnen.«

»Hm, aber das hat er. Wo liegt das Problem?«

Ich ließ mich auf den Tisch hinter mir fallen, um mich abzustützen, weil mir schwindelig wurde. »Ich glaub, ich werd nicht mehr. Das darf doch nicht wahr sein.«

Max legte seine Arme um mich, und Lady Petunia hob sofort den Kopf, als er mich festhielt. Bei den Sternen, er war ein ziemlich sexy Seelachs! Und wenn ich mich nicht täuschte, bohrte sich sein Schwertfisch gerade durch seine Jeans, um zu mir zu gelangen. Das war ein Fisch, den ich mehr als einmal an Land ziehen wollte – auch wenn ich das vor ihm nicht zuzugeben wagte. Wenn er wüsste, wie er meine Lady Petunia gegossen und zum Blühen gebracht hatte, dann wäre seine Kontrolle über mich ungemein.

Aber der heutige Tag war zu wichtig, als dass ich mich von Max und seinem langen Lurch ablenken lassen könnte. Und wenn das, was er sagte, wahr war, dann musste ich der Sache nachgehen. »Wo soll diese angebliche Party stattfinden?«

»Im King's Hollow.« Max lachte leise. »Ist das wirklich so eine große Sache, Gerry?«

»Eine große Sache? Heute ist der großartigste Tag, den es je in Solaria gegeben hat und geben wird. *Natürlich* ist es eine große Sache. Der heutige Tag übertrifft den Tag, an dem Jedidiah Norrington seinen Quivelfig mit nichts anderem als einem Cumber-Bun ins All geschickt hat.«

»Was zum Teufel ist ein Quivelfig?«, murmelte er, während ich ihn beiseiteschob und aus dem Orb eilte.

Ich hatte nicht vor, mir heute von einem drachenartigen Trampel in meinen Plänen herumfuhrwerken zu lassen. Ich hatte das seit tausend Monden geplant, auf diesen wundersamen Tag gewartet und jede Nacht davon geträumt, seit ich die wahren Königinnen kennengelernt hatte. Ich hatte mir dieses Recht verdient, so wie mein Vater sich das Recht verdient hatte, den Vegas zu dienen. Es lag mir im Blut – bis hin zu meiner Kicherfrucht.

Ich stürmte über den Campus und spürte, dass ich einen seltsamen Wels im Schlepptau hatte. Max konnte mir nach Herzenslust folgen und meinen wippenden Po begutachten, aber ich würde ihm keine Beachtung schenken. Ich hatte einen Drachen in seine Schranken zu weisen! Und ich plante, ihm gehörig die Meinung zu sagen. Notfalls würde ich ihm auch mit meinem Schuh eins über die Nase hauen, wenn es sein musste. Natürlich brauchte ein Drache vielleicht etwas nachdrücklichere Maßnahmen, um zur Aufgabe bewegt zu werden, aber ich war der Herausforderung gewachsen.

Ich erreichte das King's Hollow – ich hatte das Baumhaus schon ein paar Mal in meiner Formgebung aufgespürt, also wusste ich genau, wo es war – und stürmte auf die Tür zu, die in den Baumstamm eingelassen worden war. Dieser Ort ließ nur mächtige Fae herein. Fae wie mich, die furchterregende Feuer in ihren Adern und stürmische Meere in ihren Lenden hatten. Ich war zwar kein Erbe und auch kein Drache, aber ich war ein Zerberus mit Erd- und Wassermagie in der Seele. Und ich konnte diesen hinterhältigen Drachenjungen ordentlich in den strammen Hintern treten, wenn er mich verärgerte. Vor allem heute. Mit mir war nicht zu spaßen.

Ich marschierte die Stufen hinauf, die sich durch den schmalen Stamm des Baumes schlängelten, und erreichte das erste Stockwerk, wo ich mir meinen Weg nach drinnen bahnte. Max war mir dicht auf den Fersen, und ich konnte seinen Atem in meinem Nacken spüren, was mich frösteln ließ. *Dieser jämmerliche Junge mit seinem verruchten Geruch und seinem Barrakudakörper, der meine Lady Petunia zum Blühen brachte und sie dazu veranlasste, seinen Rüssel als nächtlicher Bewässerer willkommen heißen zu wollen.*

Ich blieb wie angewurzelt stehen, als ich die einfachste aller Dekorationen an den Wänden und den faden weißen Biskuitkuchen auf dem Tisch sah. Biskuit. Mit nichts als Erdbeerfüllung. Darius war damit beschäftigt, Kerzen in den Kuchen zu stecken – als würde dieses Ding jemals unter die empfindlichen Nasen der Vegas kommen. Eher würde ich sterben. Ich würde tausend Tode in tausend Schlachten sterben, um sicherzustellen, dass dieser Kuchen niemals, nie und nimmer, am Tag ihrer Geburt den Weg zu den Vegas fand. Er war eine Beleidigung. Eine Abscheulichkeit. Ein Skandal, der nur darauf wartete, sich zu ereignen. Dieser Kuchen war nicht der Kuchen, der einem Fae an seinem Geburtstag angeboten werden sollte. Es war ein Kuchen, der zu einem zwanglosen Sonntagnachmittagstee mit einem gewalttätigen Insassen Darkmores passte. Er hätte am elften Juni, dem wichtigsten Tag überhaupt, nicht das Licht der Welt erblicken dürfen.

Seth und Caleb warfen sich von der Couch aus einen Blick zu, der besagte, dass sie wussten, dass ich gleich die Beherrschung verlieren würde und sie sich besser darauf gefasst machen sollten.

»Wie konntest du nur?«, schrie ich Darius an, denn ich musste verstehen, warum er die Vegas ausgerechnet an ihrem Geburtstag beleidigen wollte, wo ich doch dachte, er hätte versucht, sich mit ihnen zu versöhnen. Wollte er Tory nicht erobern? Wollte er ihr nicht zeigen, wie tief seine Gefühle für sie waren, indem er sie auf die wunderbarste Geburtstagsparty schleppte, die sie sich nur vorstellen konnte? Verstand er nicht, dass ich das bieten konnte? Dass ich monatelang genau so etwas geplant hatte?

»Na ja, ich habe mich am Backen versucht. Und die Jungs haben geholfen. Seth hat die Glasur gemacht. Aber ich habe die Erdbeerfüllung verteilt, also …« Darius zuckte mit den Schultern. *Er zuckte mit den Schultern!*

»Heiliges Sahnetörtchen mit Arschtritt, ich kann nicht mehr. Das Ding beleidigt meine Augen. Ich kann es nicht mal richtig ansehen. Bitte, jemand soll es wegnehmen!«, jammerte ich und stolperte rückwärts, woraufhin Maxy-Boy mich stützte.

Seth lachte und Caleb drückte sein Gesicht in ein Kissen, offensichtlich überwältigt von der Erkenntnis, so versagt zu haben.

»Wir haben verdammt hart daran gearbeitet«, sagte Seth mit einem schiefen Grinsen. »Ich habe die Glasur selbst gemacht.«

»Nein, hast du nicht«, sagte Darius, und ich heulte wie eine Todesfee.

Glasur aus dem Laden? Wie war es möglich, dass die Situation von Minute zu Minute schlimmer wurde?

»Beruhige dich, Gerry, es ist nur ein Kuchen«, flüsterte Max an meinem Ohr, während er seinen Arm um meine Taille legte. Oh-oh, ich war nicht auf seine feste Berührung vorbereitet gewesen. Oder darauf, wie mein Höschen im Feuer der Sonne aufflammte. Ich musste mich konzentrieren!

»Nur ein Kuchen? Wie kannst du das sagen? Wenn dieser Kuchen den Vegas übergeben werden sollte, würde ich vor Scham verbrennen. Mein Körper würde zu Asche zerfallen und vom Winde verweht werden. Man würde meine Schreie für immer in der Nacht widerhallen hören.« Ich hob eine Hand und sprach einen Zauber, der den beleidigenden Kuchen in tausend Stücke sprengen sollte, aber Darius knurrte gefährlich, machte einen Schritt nach vorn, fing meine Ranken ab und verwandelte sie mit seiner Feuermagie in Staub. »Wie kannst du es wagen, Darius Acrux?«

»Ich wollte ihnen nur etwas Gutes tun«, fauchte er wie ein Puma, der in die Ecke gedrängt worden war. »Ich wollte Roxy lächeln sehen und Darcy … Verdammt, sie hat schon genug Scheiße am Hals. Ich wollte ihnen nur einen guten Tag bereiten. Das King's Hollow mag kein verdammtes Wunderland sein, aber es ist ein Ort, an dem wir alle die Welt für eine Weile vergessen können.« Darius zuckte mit seinen beeindruckenden Schultern, und ich seufzte schwer und ging mit weit ausgebreiteten Armen auf ihn zu.

»Du armer, trauriger Salamander.« Ich umarmte ihn und er versteifte sich wie ein buttriger Bagel, der in einer Hitzewelle zum Trocknen liegen gelassen worden war. »Natürlich werden sie einen guten Tag haben. Den herrlichsten Tag überhaupt! Denn sie erwartet ein wahres Wunderland, keine öde Hütte im Wimmernden Wald. Warum sollten meine Königinnen an dem Tag, an dem sie von den Sternen herabgestiegen und auf unserer bescheidenen Erde gelandet sind, hierherkommen wollen, um darauf zu warten, dass wir uns alle vor ihnen verneigen?«

»Weniger von den Königinnen, Gerry. Das wird nie passieren«, knurrte Max in einem Ton, der sowohl kraftvoll als auch streitsüchtig war. Oh, dieser sture Wolfsbarsch, wann würde er endlich einsehen, dass er nie dazu bestimmt gewesen war, seinen feinen und muskulösen

Hintern auf den Thron der Vegas zu setzen? Er würde ein prächtiges Ratsmitglied abgeben, der an ihrem Hof erscheinen und ihnen seinen stattlichen Kopf zuneigen könnte. Aber er würde nicht herrschen. Das war lächerlich. Ich könnte meine Schäfchen schon allein bei dem Gedanken daran scheren. Aber das Schicksal hatte eine Art, den Streuselkuchen zu überführen, und schon bald würden die Erben eine ordentliche Portion davon von Madame Zodiac höchstpersönlich serviert bekommen.

Ich seufzte, tupfte mir die Stirn ab und sammelte mich. Es gab eine einfache Möglichkeit, das Problem zu korrigieren. »Ich habe mich dagegen entschieden, Einladungen an dich und die anderen Erben zu schicken – und natürlich auch an alle elenden H. U. R. E. N., die bei meinen Festivitäten auftauchen könnten. Die Einladungen wurden selbstverständlich längst per Taube und auf reinster Kalais-Seide handgeschrieben versendet. Aber vielleicht könnte ich bei euch vier promiskuitiven Playboys eine Ausnahme machen. Wenn ihr versprecht, eure spazierenden Spechte in ihren Nestern zu lassen. Dies ist eine Veranstaltung für die wahren Königinnen, kein kleines Tänzchen in einem Schuppen in den Baumwipfeln.«

»Schuppen?«, knurrte Caleb, während Darius aussah, als würde er mir gleich eine Ansage machen. Aber ich hatte keine Zeit für Spielchen. Ich musste die Party des Jahrhunderts organisieren. Ich musste die Truppen zusammenrufen und meinen Kameraden Aufgaben zuweisen.

»Guten Tag noch. Bitte sorge dafür, dass dieses Monstrum von einer Torte verbrannt wird, Darius. Ich werde die nächsten Stunden damit verbringen müssen, mir das Bild von der Netzhaut zu brennen.«

Ich fegte an Max vorbei, berührte aber noch kurz seine muskulöse Brust, da meine Lady Petunia in diesem Moment nach ihm rief. Der Regen prasselte in Strömen auf ihren Rasen. *Ja, beregne mein Gemüsebeet, diese freche Flunder hat mich weichgemacht. Ich werde* meine Strandschnecken heute Abend unbedingt von dieser frivolen Flechte fernhalten müssen.

Scorpio
Virgo
Gemini
Cancer
Aries
Leo
Taurus
Sagittarius
Capricorn
Aquarius
Libra
Pisces

Max

KAPITEL 4

»Was zur Hölle ist gerade passiert?«, fragte Darius, während er stirnrunzelnd auf den Kuchen hinunterblickte, den wir heute Morgen zusammen gebacken hatten.

»Wir wurden gerade geGrust«, sagte ich grinsend. »Zuerst weiß man nicht, was zum Teufel vor sich geht, aber sobald man sich daran gewöhnt und einfach mitmacht, wird man feststellen, dass man die Zeit seines Lebens hat.«

»Will ich wissen, ob der Sex mit ihr auch so ist?«, fragte Caleb und sah halb fasziniert und halb verstört aus.

»Sex mit ihr ist eine kontinuierliche Abfolge von Fragen. Was zum Teufel ist gerade passiert? Was zum Teufel hat sie gerade gesagt? Wie zum Teufel hat sie mich gerade genannt? Warum zum Teufel fühlt sich das so verdammt gut an? Darüber hinaus wirst du nichts herausfinden, weil sie mir gehört«, informierte ich ihn.

»Das solltest du ihr vielleicht mal sagen«, sagte Seth und prustete vor Lachen. »Denn ich glaube nicht, dass sie deiner Meinung ist.«

Darius seufzte und setzte sich auf den Tisch neben den zugegebenermaßen ziemlich beschissen aussehenden Kuchen.

»Ich weiß nicht, warum ich mich von euch Schwachköpfen habe überreden lassen, das zu versuchen«, knurrte er, während er sich etwas von dem Kuchen in den Mund schaufelte.

Seth winselte und warf mir einen finsteren Blick zu, als wäre seine schlechte Laune irgendwie meine Schuld. Dann schenkte er Darius seinen besten Hundeblick und eilte zu ihm, um sich an ihn zu kuscheln.

Ich tauschte einen Blick mit Caleb aus und er zuckte mit den Schultern, als würde er Seth zustimmen. In dem Moment witterte ich Darius' verdammtes niedergeschlagenes Elend. In letzter Zeit war es ihm etwas besser gegangen, da er und Tory offenbar Fortschritte gemacht hatten und einander nicht mehr hassten, aber das war kaum eine Lösung.

Er konnte sie immer noch nicht berühren, nicht küssen, nicht einmal mit ihr allein sein. Er liebte sie und würde nie mit ihr zusammen sein können, weil unser Ehrgeiz alles versaut hatte. Ich hatte seinen Widerstand gespürt, als wir den Vegas nach ihrer Ankunft hier so übel zugespielt hatten. Und ich hatte genug von seinen Emotionen mitbekommen, als sein Vater deshalb Druck auf ihn ausgeübt hatte, um zu wissen, dass er sich nicht erlaubte, seine eigenen Gefühle wahrzunehmen. Er hatte sich so sehr bemüht, ihr zu widerstehen, dass er sich selbst dafür gehasst hatte, dass er sie wollte. Obwohl es doch das Natürlichste auf der Welt hätte sein sollen.

»Hör zu, wahrscheinlich ist es besser so«, sagte ich, ging zu den anderen Erben und lächelte, als sie alle Kuchenstücke vom Tisch nahmen und wie die Tiere futterten. »Grus wird ihnen die schickste verdammte Party schmeißen, die du je gesehen hast. Sie wird das Ganze organisiert haben, und wir müssen uns keine Sorgen machen, dass wir ihnen gegenüber eine Art Loyalität zeigen, indem wir die Verantwortung dafür übernehmen. Wir tauchen einfach auf, betrinken uns, die Zwillinge haben Spaß, alle tanzen und fertig.«

»Klar«, stimmte Darius zu und überließ den anderen beiden den Kuchen, während er durch den Raum ging, um sich die Glasur von den Händen zu waschen. »Ich will nur, dass sie einen schönen Geburtstag hat, das ist alles. Und ihre Schwester auch. Solange jemand ihnen eine Party schmeißt, ist es egal, wer.«

Da war eindeutig noch mehr, was er nicht aussprach, und ich gesellte mich zu ihm, während Seth und Caleb begannen, um die Reste des Kuchens zu ringen, einander mit Zuckerguss beschmierten und versuchten, dem anderen Kuchen in den Mund zu drücken.

»Wenn es nicht um die Party selbst geht, worum geht es dann?«, fragte ich und stieß mit der Schulter gegen seine, als er sich zu mir umdrehte.

»Es ist einfach … Es ist ihr verdammter Geburtstag. Und nachdem wir gesehen haben, wo sie in der Welt der Sterblichen gelebt haben, würde ich wetten, dass sie nie Partys oder Geschenke oder irgendetwas von dem Scheiß bekommen hat, den wir für selbstverständlich halten. Und jetzt kann ich ihr nicht einmal einen verdammten Kuss geben. Ich habe das Gefühl, dass sie mir gehört, aber das tut sie überhaupt nicht. Wenn sie mein Mädchen wäre, würde ich ihr zum Geburtstag die verdammte Welt schenken. Und jetzt muss ich danebenstehen und auf einer Party auftauchen, zu der ich nie eingeladen werden sollte, und mich zum millionsten Mal wegen des Geschenks, das ich ihr gekauft habe, infrage stellen, weil es sich wie eine bescheuerte Aktion anfühlt, es ihr zu geben, und eine noch bescheuertere Aktion, es nicht zu tun. Und ich …« Er zuckte hilflos mit den Schultern, schüttelte den Kopf, als er sich entfernte, und zog sein Shirt aus, offensichtlich mit dem Plan, eine Runde fliegen zu gehen, um den Kopf freizubekommen.

Ich seufzte, weil ich nicht wusste, was ich dazu sagen sollte. Ich könnte ihm sagen, wie viel er Tory bedeutete, weil ich es jedes Mal spürte, wenn sie ihn auch nur flüchtig ansah. Aber ich wusste nicht einmal genau, ob es ihm in diesem Moment helfen würde, das zu wissen. Ich konnte mir nicht vorstellen, welche Qualen ihr sternverfluchtes Schicksal ihnen bereitete, und jetzt, da sie zu begreifen schien, dass sie die falsche Wahl getroffen hatte, könnte es sogar noch schlimmer werden.

Mein Atlas klingelte in meiner Tasche, und ich nahm den Anruf mit einem Grinsen entgegen, als ich Geraldines Namen auf dem Bildschirm entdeckte.

»Hey, Gerry, rufst du an, um mich zu bitten, dein Date für die …«

»Hör auf mit dem Casanova-Getue, du abgehobener Affe! Wir haben einen Code Braun!«

»Hat sich jemand in die Hose gemacht?«

»Nein, du Dummdödel! Jemand hat sich verplappert. Mildred Canopus hat von der Party erfahren und war fest entschlossen, sie zu ruinieren, bis ich durch die spitzbübische Tradition der Erpressung gezwungen wurde, ihr eine Einladung zu der Veranstaltung anzubieten. Sie plant, dort aufzutauchen und mit ihrer bloßen Anwesenheit zweifellos alles zu ruinieren. Wenn sie kommt, dann ist Torys Abend im Eimer, und das kann ich nicht ertragen. Nicht, nach allem, was sie durchgemacht hat. Und natürlich wird Darcy noch verzweifelter sein, wenn sie das auch noch mitmachen muss. Das ist schlimmer als alles, was mir je passiert ist!«

»Schon gut, schon gut, beruhige dich. Niemand ruiniert Torys Geburtstag«, sagte ich ruhig, und Darius schaute stirnrunzelnd über seine Schulter zu mir.

»Verdammt richtig! Diese bärtige Drachin wird heute Abend nicht über meine Schwelle treten. Hast du mich gehört? Ich beauftrage dich hiermit, Maxy-Boy. Du wirst dafür sorgen, dass sie nicht teilnehmen kann, oder ich werde meinen eigenen Busch für immer selbst pflegen und dich nie wieder meinen Rasen gießen lassen!«

»Ich wollte sowieso gerade …«

»Du hast zu tun!« Sie legte auf und ich starrte meinen Atlas an, als wäre er derjenige, der mir den Einlass zu Lady Petunia verwehrte.

»Was ist los?«, fragte Darius.

»Mildred plant, auf der Party zu erscheinen«, erklärte ich. »Ich werde für den Rest meines Lebens offiziell dicke Eier haben, wenn ich sie nicht davon abhalte, dort aufzutauchen.«

»Dir ist schon klar, dass ich keinen Ständer kriegen kann, wenn ich nicht an Roxy denke, oder?«, knurrte Darius. »Es scheint, als werde ich für den Rest meines Lebens meine rechte Hand daten, während ich mir ein Mädchen vorstelle, das ich nicht mal anfassen kann, ohne dass ein Blitz versucht, uns niederzustrecken.«

»Hoffentlich nicht, während du deinen Schwanz in der Hand hältst«, neckte Seth, der sich dem Gespräch gemeinsam mit Caleb anschloss. »Denn das klingt schmerzhaft.«

»Zum Totlachen«, erwiderte Darius mit ausdrucksloser Miene.

»Wie auch immer, es klingt so, als müssten wir dafür sorgen, dass deine Verlobte nicht auf der Party deiner Gefährtin auftaucht«, sagte Caleb. Er hatte immer noch Zuckerguss auf der linken Wange, der von seinem Ringkampf mit Seth stammte. »Ich bin sicher, dass wir eine lustige Möglichkeit finden könnten, das zu erreichen.«

»Ich sage, wir graben ein großes Loch und verbuddeln sie darin«, schlug Seth vor, bevor er sich umdrehte und die Glasur von Calebs Wange leckte, was ihm einen halbherzigen Schlag in die Rippen einbrachte.

»Sie verfügt selbst über Erdmagie, du Genie. Sie könnte problemlos entkommen«, gab ich zu bedenken.

»Ich habe nie gesagt, dass wir sie *lebendig* begraben sollen«, sagte er und wackelte mit den Augenbrauen. Idiot.

»Na, das wäre zumindest das Ende eines meiner Probleme«, scherzte Darius, und ich lachte, bevor ich mich zurückhalten konnte. Sich über den Shitstorm seines Lebens lustig zu machen, schien mir ein ziemlicher Arschlochzug zu sein, aber wenn er nicht wenigstens versuchte, darüber zu lachen, würde er wohl immer tiefer in seinen Depressionen versinken.

»Okay, wie sieht der eigentliche Plan aus?«, fragte Caleb. »Wie wollen wir Mildred außer Gefecht setzen? Denn ich bin mir ziemlich sicher, dass sie sich nicht wieder in ihrem Zimmer einsperren lassen wird, wie beim letzten Mal. Ich glaube, sie hat einen Notfall-Fluchttunnel gegraben. Nur für den Fall.«

»Eis«, erklärte ich grinsend. »Wir spüren sie auf, bauen einen dicken, fetten Eispalast um sie herum und verstärken ihn mit all unserer Magie. Selbst ihre Feuermagie wird nicht ausreichen, um da rauszukommen. Auf dem Heimweg von der Party können wir das Eis einfach schmelzen und jegliches Zutun leugnen.«

»Stellt euch vor, wie ihre hervorstehenden Zähne klappern würden!« Caleb lachte leise und auch Darius lächelte grausam.

»Ein Eispalast für eine Möchtegern-Prinzessin! Kommt sofort«, sagte er mit einem tödlichen Blick in seinen dunklen Augen. »Niemand legt sich mit meinem Mädchen an. Schon gar nicht an seinem Geburtstag.«

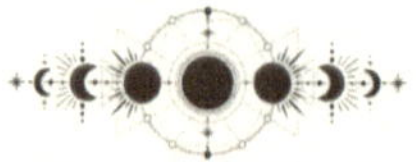

»Das ist so demütigend«, knurrte Darius, als Seth Öl über seine nackte Brust rieb und seine Bauchmuskeln bedeckte, sodass sie in der Mittagssonne glänzten, während ich wirklich alles versuchte, mir nicht den Arsch abzulachen.

»Das ist der Preis des Erfolgs«, widersprach Caleb, aber ich erwischte ihn jedes Mal, wenn Darius wegschaute, dabei, wie er mithilfe seiner

Vampirgeschwindigkeit Fotos machte. Ich war bereit, zu wetten, dass er sie für den Rest der Zeit benutzen würde, um ihn damit zu verhöhnen.

»Außerdem stehen Mädchen total drauf, wenn ein Typ mit freiem Oberkörper auf einem Felsen sitzend auf sie wartet. Das ist verdammt heiß«, erklärte ich und verschränkte die Arme vor der Brust, während Seth einen Schritt zurücktrat und wir ihn alle begutachteten.

»Sagt die Sirene«, erwiderte Darius trocken. »Drachen sitzen nicht auf Felsen. Ich habe das Gefühl, ich posiere für eine Art Sirenen-Pornodreh.«

»Vielleicht ist Washer deshalb gerade aufgetaucht«, meinte Cal grinsend. »Um dir ein paar seiner winzigen Badehosen zu leihen.«

»Das ist hoffentlich ein Witz«, knurrte Darius, aber als er an uns vorbeischaute, fluchte er. Ich drehte mich um und sah, wie Washer gerade hinter uns um die Ecke bog.

Das Knarzen seiner hautengen Lederhose erreichte uns und erklärte, warum Cal gewusst hatte, dass er kommen würde. Ich biss mir auf die Zunge, um nicht laut loszulachen, als er Darius auf dem Felsen neben dem Weg sitzen sah und seine Augen fast aus dem Gesicht traten.

»Na, was haben wir denn hier, Jungs?«, rief Washer, als er neben uns zum Stehen kam. Seine nackte sonnengebräunte Brust glänzte genauso stark wie die von Darius. »Posieren Sie für ein weiteres dieser sexy Fotoshootings für *Zodiass Weekly*? Ich habe die Doppelseite aufbewahrt, die sie vor ein paar Monaten von Ihnen gemacht haben. Das Foto, auf dem Sie alle oben ohne in diesen kurzen Shorts Pitball spielen, im Schlamm ringen und Ihre großen, starken sportlichen Qualitäten zur Schau stellen ...«

»Sie haben einen Stoß halb nackter Bilder Ihrer Studenten aufgehoben?«, fragte Seth angewidert, und Washer hob unschuldig die Hände.

»Natürlich nur, um unser Pitball-Team zu unterstützen. Ich kann nicht anders, als zu bewundern, wie Sie sich nicht scheuen, sich die Hände schmutzig zu machen, während Sie mit all diesen temperamentvollen Bällen hantieren«, sagte er und wackelte mit den Augenbrauen.

»Ich bin mir ziemlich sicher, dass ich deutlich gemacht habe, dass ich mir diesen Scheiß nicht länger gefallen lasse«, warnte Darius.

»Hey, hey, ganz ruhig, Cowboy. Ich bin Ihr Freund. Ich habe dem FIB nie erzählt, dass Sie sich mitten in der Nacht splitternackt aus Orions Haus geschlichen haben. Selbst nachdem seine Verhaftung deutlich gemacht hat, dass er mindestens ein weiteres Opfer hatte …«

Darius sah aus, als würde er gleich zum Drachen werden, und ich schüttelte schnell den Kopf, denn ich hatte keine Lust auf die Probleme, die ein Lehrerangriff bedeuten würde, wo wir doch gerade echt anderes zu tun hatten. Stattdessen konzentrierte ich meine eigenen Gaben auf Washer und nutzte sie zu meinem Vorteil, um ihn loszuwerden.

Ich konnte die Lust spüren, die er verströmte, und konterte seine Sirenengabe schnell mit meiner eigenen, indem ich ihm das stärkste Gefühl des Ekels schickte, das ich aufbringen konnte. Er würgte, und ich verstärkte den Effekt noch, indem ich meine Wassermagie einsetzte, um den Inhalt seines Magens zum Rotieren zu bringen. Washer quietschte vor Schreck, bevor er sich umdrehte und den Weg zurückrannte.

»Was hast du mit ihm gemacht?«, fragte Seth und lachte schallend.

»Hoffentlich findet er besagte Doppelseite jetzt so richtig ekelhaft.« Ich fragte mich, ob wir so viel Glück haben könnten. Sirenen wie Washer gingen mir auf den Sack; sie nutzten ihre Kräfte immer zum persönlichen Vorteil und brachten den Rest von uns in Verruf. Ich musste meine Gaben nicht einsetzen, um jemanden nach mir lechzen zu lassen, das kam ganz natürlich, weil ich so verdammt heiß war. Und selbst wenn ich es nicht wäre, würde ich diesen Scheiß nicht machen, das war abgefuckt.

»Können wir jetzt weitermachen?«, fragte Darius und stieß einen

Seufzer aus, der mir verriet, dass es nicht seine Vorstellung von Spaß war, der Köder in dieser Falle zu sein.

»Bist du mit dem Fundament fertig?«, fragte ich und schaute auf den Platz vor seinem Felsen, wo er eine dicke Eisschicht unter die Erde gegossen hatte, um den Boden unserer Falle zu bilden.

»Ja«, bestätigte Darius. »Ich habe die Hälfte meiner Magie auf diesen Mist verwendet. Das Ding ist sechs Meter tief – da gräbt sie sich auch mit ihrer Feuermagie niemals durch.«

»Perfekt. Dann schick ihr jetzt eine SMS und lass sie zu dir kommen. Und achte darauf, dass du sie ablenkst, während ich den Rest baue«, mahnte ich. Ich würde ein paar Minuten brauchen, um die Wände von Mildreds Eispalast zu errichten, bevor sie stark genug waren, um sie zu halten. Seth würde meine Magie tarnen, während ich das tat, damit sie nichts bemerkte. Zweifellos könnten wir sie notfalls hineinzwingen, aber es würde am besten funktionieren, wenn sie nichts von der Falle wüsste, bis sie zuschnappte.

Sobald ich die Tür zugeschlagen und sie im Eispalast eingeschlossen hatte, würde Cal nach vorn schießen und ihr das Mittel zur Unterdrückung ihrer Formgebung verabreichen, um ihren Drachen zwölf Stunden lang zu bändigen. Sie würde sich folglich weder verwandeln noch ihr Drachenfeuer einsetzen können, um sich zu befreien, bis die Party vorbei war. Der Plan war narrensicher.

Seth nutzte schnell seine Erdmagie, um das Eis auf dem Boden zu bedecken, und wir drei versteckten uns im Gebüsch, während Darius Mildred schrieb und sie bat, ihn zu treffen.

Während wir warteten, wirkten wir eine Stillekuppel um uns herum – und kicherten wie ein Haufen Schulmädchen, während Darius finster in unsere Richtung starrte. Er saß weiterhin hübsch eingeölt auf diesem Felsen wie ein verdammter feuchter Traum.

Caleb machte noch ein Foto von ihm und schickte es Tory mit einer

Geburtstagsnachricht, und ich lachte noch lauter, weil ich wusste, dass Darius ausrasten würde, wenn er davon erfuhr.

Mildred kam schneller als erwartet. Sie stapfte mit Höchstgeschwindigkeit den Weg hinauf, wobei ihre nicht zusammenpassenden Kiefer offen standen und ihre Zunge aus dem Mundwinkel hing.

»Schatzipuh!«, rief sie und eilte auf Darius zu, sobald sie ihn auf dem Felsen entdeckt hatte. Ich könnte schwören, dass ihr vorstehender Unterkiefer regelrecht Sabber absonderte.

»Hey … Baby«, sagte Darius, der nicht gerade begeistert klang, sie zu sehen. Sie stellte sich vor ihn, während er sitzen blieb.

»Hast du dich endlich entschieden, nicht mehr diesem großmäuligen Zahnstocher von einer Vega hinterher zu schmachten, damit du deine Wurst in eine echte Frau packen kannst?«, fragte sie und wackelte mit den Schultern, als könnte ihn das nach unten locken.

Seth und Caleb legten ihre Hände auf meine Schultern, während wir alle versuchten, nicht zu viel zu lachen. Gleichzeitig machte ich mich an die Arbeit, das Eisgefängnis hinter ihr zu errichten, es aber offen zu lassen. Die Jungs liehen mir dafür ihre Kraft, damit ich den Job schneller erledigen konnte.

»Ähm, ich will nach wie vor auf unsere Hochzeitsnacht warten. Du weißt, dass ich möchte, dass unser erstes Mal etwas Besonderes ist …«, sagte Darius, warf uns einen Blick zu und veranlasste Mildred, ebenfalls einen Blick zu riskieren. »Aber ich denke viel darüber nach«, fügte er schnell hinzu und zog ihren Blick sofort wieder auf sich.

»Ich denke täglich daran«, antwortete Mildred, während eine Brise ihren Schnurrbart umspielte und sie ihre Oberlippe in einer Weise in den Mund zog, die verführerisch wirken sollte. »Und ich berühre mich auch selbst.«

»Heilige Scheiße!«, fluchte Darius und sah aus, als wäre er im

Moment am liebsten ganz weit weg, während er versuchte, sein Entsetzen zu verbergen. »Ich meine … ähm, woran denkst du … was wir … tun, während du … *das* tust?«

»Ich weiß, dass du ein großer, kräftiger Mann bist«, sagte Mildred hungrig und trat einen Schritt näher an ihn heran. »Aber ich stelle mir gern vor, wie ich dich festhalte und dich dazu bringe, mich so zu nehmen, wie ich es will.«

»Ich kann mir keinen anderen Weg vorstellen«, sagte Darius mit einem sichtbaren Schaudern, das Mildred entweder ignorierte oder sich einredete, dass es von Verlangen herrührte.

»Ich werde dich reiten wie ein Schwein, kurz bevor es gegrillt wird«, fügte Mildred hinzu.

»Ist das … üblich?«, fragte Darius und schluckte schwer, während er die Kiefer aufeinanderpresste, als wollte er eine Grimasse verbergen.

»O ja«, bestätigte Mildred, gerade als ich mein eisiges Meisterwerk vollendete.

Caleb grinste und zog ein Fläschchen mit sich windendem Dampf aus seiner Tasche. Er betrachtete das Mittelchen einen Moment lang, bevor er losschoss, einen Augenblick später vor Mildred erschien und das Fläschchen direkt unter ihrer Nase öffnete. Und als sie einatmete, um ihn zu fragen, was zum Teufel er da tat, inhalierte sie das ganze Zeug und machte den Drachen unter ihrer Haut bewegungsunfähig. Einen Moment später stieß Caleb sie auch schon in das Eisgefängnis hinter ihr.

Mildred schrie, als sie zurückstolperte, und ich schloss schnell die Tür mit meiner Magie und versiegelte das Ganze fest.

Darius stöhnte, lehnte sich zurück und lachte, als Mildreds wütende Schreie aus dem maßgeschneiderten Iglu, das ich ihr gerade gebaut hatte, zu uns drangen.

»Ich brauche eine Dusche«, sagte er und wischte sich mit der Hand über das Gesicht. »Und ich muss meine Ohren mit Bleichmittel waschen, damit ich die Beschreibung unserer Hochzeitsnacht auslöschen kann. Ich schwöre bei den Sternen, wenn ich jemals tatsächlich mit ihr vor einem Traualtar stehe, möchte ich, dass ihr drei mich umbringt, bevor sie mich in ihr Bett zerren kann.«

»Wir finden schon eine Lösung, Bruder«, versprach ich ihm. »Aber in der Zwischenzeit sollten wir dafür sorgen, dass du heute Abend verdammt heiß für Tory Vega aussiehst, ja?«

Gemini
Scorpio
Virgo
Cancer
Aries
Leo
Taurus
Sagittarius
Capricorn
Aquarius
Libra
Pisces

GERALDINE

KAPITEL 5

Ich fand die Vegas in der Bibliothek, wo sie gemeinsam mit Diego und Sofia die Nasen in den Büchern hatten – und blieb mit einem Schreckensschrei vor ihrem Tisch stehen.

»Bei den Milchstraßenringen des Saturn!«, keuchte ich, und die Bibliothekarin ermahnte mich von jenseits der Bücherregale. Aber beim Licht der Sonne an einem klaren Wintermorgen – das konnte ich nicht durchgehen lassen. »Es ist der Tag eurer Geburt! Was hat euch geritten, auch nur einen einzigen Moment mit harter Arbeit zu verbringen? Ihr solltet heute von jedem Stern am Himmel von Kopf bis Fuß bedient werden.« Ich wedelte mit einem anklagenden Finger in Richtung Diego und Sofia, während die Vegas einen Blick austauschten, der besagte, dass ich überreagierte. Aber wenn überhaupt, dann reagierte ich *unter*. Ich hatte schon fast erwartet, dass die Mondgöttin selbst in ihren weichen Wolkenkissen in Ohnmacht fallen und vom Himmel stürzen würde. Das hier war nichts weniger als eine Tragödie. »Ihr zwei bringt Schande über euch selbst«, knurrte ich Diego und Sofia an. »Unsere Königinnen haben heute Besseres verdient als verstaubte Bücher in ihren Händen. Vor allem, wo doch selbst die Sterne wissen, welche Fae sich an diesen Wälzern in den Regalen gerieben haben, um sich zu vergnügen.«

»Igitt.« Darcy runzelte die Stirn, legte ihr Buch beiseite und untersuchte ihre Hände auf Anzeichen solcher Tändeleien.

»Hat sich jemand Bestimmtes in den Regalen vergnügt, Geraldine?«, fragte Tory und zog vielsagend die Augenbrauen hoch.

Ich blähte meine Brust auf und zwirbelte eine Haarsträhne um meinen Finger. »Ich habe in meiner Zeit in diesem Etablissement vielleicht den einen oder anderen Kapitän kommandiert, ihre Schiffe wie eine glitschige Krake vom Meeresboden aus geentert und sie in meine dunklen Gewässer hinabgezogen.«

Sie alle lachten, und ich kicherte mit, wobei ich mich ein wenig entspannte. Ich konzentrierte mich einen Moment lang auf die liebe Darcy, die dieser Tage immer einen enormen Schmerz hinter ihren Augen verbarg – wie ein gequältes Würmchen. Es brach mir das Herz in eine Million Stücke, und es würde erst dann zusammenwachsen, wenn ihr Lächeln wieder echt war. Aber da Professor Orion fort war und einen ziemlichen Skandal in seinem Gefolge hinterlassen hatte, war ich mir nicht sicher, wann, wie oder ob es überhaupt in Ordnung gebracht werden konnte. Ich wusste nur, dass ich ihr bis ans Ende der Zeit unerschütterlich zur Seite stehen und alle Neinsager bestrafen würde, die an ihrer Liebe zu ihm und seiner zu ihr zweifelten.

Auch Mylady Tory hatte so einige Dämonen in ihrer Handtasche. Die schwarzen Ringe in ihren Augen sorgten immer wieder dafür, dass sich mein Magen mit der Kraft eines Hurrikans in einem Vulkan zusammenzog. Immerhin gab sich dieser Schurke von Drachenjunge jetzt etwas Mühe und versuchte, seine Fehler wiedergutzumachen, aber er hatte noch viel mehr Arbeit vor sich, wenn er jemals offiziell seinen Weg aus meinem Buch der aufgeblasenen Kackkekse finden wollte.

Bei den Sternen, meine Königinnen hatten dieses Jahr wahrhaftig viel durchgemacht. Und es war das Mindeste, was ich tun konnte, ihnen heute den größten Rummel überhaupt zu bieten.

»Ich bestehe darauf, dass ihr alle sofort mit mir auf das Zimmer meiner lieben Angelica geht, wo eure Outfits auf euch warten«, verkündete ich und machte mich strahlend daran, Diegos Sachen in seine Tasche zu packen.

»Sie haben gesagt, dass sie heute keinen Aufstand wollen«, sagte Diego schmollend. Er war immer ein trauriger Miesepeter, aber manchmal sah ich ein echtes Funkeln von Sternenstaub in seinen Augen, das verriet, dass ein Kämpfer in ihm lebte. Ich würde aus ihm noch ein gutes A. N. U. S.-Mitglied machen, er brauchte nur einen kleinen Motivationsschub. Wie meine Mutter immer gesagt hatte: »Man kann eine Birne nicht in salzigen Tränen einlegen.« Ach, meine liebe, süße Ma-mar, sie hätte diesem Tag so viel Freude verliehen. Sie hätte eine ihrer berühmten Feigen- und Blumenbeerentorten gebacken und mit Zuckerpünktchen verziert. Sie hätte heller gelächelt als die Sonne selbst und einen Weg gefunden, die Vega-Zwillinge Stunde um Stunde vor Glück zum Singen zu bringen. Ich würde ihren Geist kanalisieren und in ihrem Namen nach besten Kräften Fröhlichkeit über die gesamte Zodiac Academy verbreiten.

»Wir wollen es wirklich ruhig angehen lassen«, meinte Darcy.

»Ja, Bier und Pizza«, stimmte Tory zu.

»Absolut, vollkommen ruhig. Nicht lauter als ein einsamer Dudelsack im Wattenmeer. Hand aufs Herz! Ich möge in ein Koboldloch fallen, sollte ich mein Wort nicht halten.« Fluffige Semmel, die beiden würden heute die Überraschung ihres Lebens erleben. Ich musste sie nur ein klitzekleines bisschen anlügen – später würden sie mir überschwänglich dafür danken, dessen war ich mir sicher. »Und jetzt hopp, hopp!«

Ich wandte mich abrupt ab und bedeutete ihnen, mir zu folgen, während ich sie aus der Bibliothek in die warme Brise hinausführte. Bevor ich es kaum zwei Donnerschläge den Weg hinunter geschafft hatte, platzierte ein silberner Pegasus seinen Hintern direkt vor mir und verwandelte sich in einen strammen Burschen mit dunkelgoldenen Haaren.

Tyler Corbin schüttelte seine Hüften, sodass seine Quetzalwurst gegen seine Schenkel klatschte. Sapperlot, er hatte einen Shlong wie ein Baumstamm!

»Tyler!«, rief Sofia halb lachend, halb mahnend, als sie auf ihn zustürmte, eine Jogginghose aus ihrer Tasche holte und sie ihm zuwarf.

»Was geht, Babycakes?« Er drückte ihr einen ungestümen Kuss auf den Mund, woraufhin sie errötete und ihm auf die Brust schlug.

»Ich mag es nicht, wenn du meinen Freunden deinen Schwanz entgegenstreckst.« Sie boxte ihn gegen die Schulter, und er zog sich mit einem frechen Grinsen seine Jogginghose an.

»Gesell dich zu uns oder lass es, Tyler, aber wir haben zu tun.« Ich eilte an ihm vorbei, und er reihte sich achselzuckend ein, wobei er einen Arm um Sofias Schultern legte.

Ich führte alle zum See und durch die Tunnel, wo ich die Fische bewunderte, die hinter den Glaswänden schwammen. Da ich sowohl über Erd- als auch über Wassermagie verfügte, war ich vor die Wahl gestellt worden, in diesem nassen und wunderbaren Zuhause zu leben. Stattdessen hatte ich mich für die gewundenen Tunnel von Haus Terra und die Hügel des Erd-Territoriums entschieden. Die Landschaft erinnerte mich an die Höhlen von Mulakai, die sich außerhalb der Stadt Celestia befanden und die ich als Kind oft mit Pappy und Ma-mar besucht hatte.

Tory wirkte Wassermagie auf das Symbol über der Tür und wir betraten Haus Aqua und passierten den Gemeinschaftsbereich, in dem Studenten herumlümmelten und faulenzten. Ich führte sie einen langen

Gang entlang und klopfte schließlich an die Milchglastür von Angelicas Zimmer. Sie öffnete sie einen Spalt, und ich keuchte auf, als ich ihr feuerrotes Kleid mit den riesigen Rüschenärmeln und den Bommeln am Saum sah.

»Du siehst so blendend aus wie ein Diamant an einer Haselmaus, Angelica!« Ich umarmte sie fest, und sie trat einen Schritt zurück, um uns mit einem Grinsen hereinzulassen. Ihr Schreibtisch war abgeräumt und mit Snacks aller Art gefüllt worden und in einem Krug befand sich prickelnder Gemini-Saft. Ich beeilte mich, Gläser zu verteilen, und meine Ladys nippten an ihren Säften, bevor sie ihre Kleider entdeckten, die neben Angelicas Bett an einem Geländer hingen, zusammen mit den restlichen Outfits, die ich speziell für diesen Anlass hatte anfertigen lassen.

»Die sind nicht für uns, oder?«, fragte Tory mit großen Augen und warf einen Blick auf Darcy, die aussah, als hätte man ihr gerade eine Rübe irgendwo reingesteckt.

Ich kicherte aufgeregt, eilte zu den Kleidern und nahm sie vom Ständer. Beide Kleider waren so gelb wie die Sonne und trugen – um ihr Sternzeichen darzustellen – das Sternbild der Zwillinge in Silber über dem Mieder. Der Rock war himmlisch, mit kilometerlangen Netzeinsätzen, die beim Gehen raschelten und rauschten. Die Ärmel waren gerüscht und schulterfrei, aber das war noch nicht einmal das Beste. Ich wedelte mit der Hand, um die Illusion zu entfachen, die ich darauf gewirkt hatte, und das gesamte Sternbild leuchtete auf und funkelte in einem mehrfarbigen Regenbogen, während es Muster auf die Glaswände warf.

»Sind das nicht die atemberaubendsten Kleider, die ihr je gesehen habt?« Ich drehte mich um und sah, wie die Vegas die Gesichter verzogen, während sie die Kleider betrachteten. Tyler schnaubte und flüsterte Sofia etwas ins Ohr – zweifellos das höchste Lob für diese unglaublichen Outfits. Er würde sich maßlos freuen, wenn er sah, was ich für ihn auf Lager hatte, denn ich hatte für alle unsere Freunde Anzüge bestellt.

Ich reichte den Vegas ihre Kleider, und sie dankten mir mit gemurmeltem Staunen.

»Wir bleiben heute Abend aber unter uns, richtig?«, fragte Darcy.

»Definitiv!« Ich würde meine Königinnen niemals freiwillig anlügen – wenn da nicht die Überraschungsparty wäre, die sie umhauen und bis ins Zodiac-Rad selbst wirbeln würde.

Ich nahm Sofias Kleid vom Ständer, das puderrosa Material glitzerte überall; es war im gleichen Stil gefertigt wie das der Vegas, aber der Rock war weniger pompös und statt einer Konstellation war A. N. U. S. über die Brüste gedruckt.

»Oh … wow!«, sagte sie und ihr Lächeln war schmal, als könnte sie ihre Begeisterung über dieses wunderbare Geschenk nicht in Worte fassen.

»Ich kann es kaum erwarten, dich darin zu sehen, Baby«, sagte Tyler und grinste sie an.

»Ich hoffe, du hast auch was für Tyler zum Anziehen, Geraldine«, sagte Sofia lächelnd, und ich nickte eifrig, während Tyler vor lauter Begeisterung, wie ich annehmen musste, die Kinnlade herunterfiel.

»Trägt ein Wal in den kalten Gewässern von Wackerton einen Schniedelmuff?« Ich lachte, eilte wieder zum Regal, nahm zwei Anzüge heraus und hielt einen Tyler und den anderen Diego hin. Sie waren strahlend weiß wie die Laken einer Jungfrau, aber die Untershirts waren golden und schimmerten wie ein Pegasushorn. Über der Brusttasche befand sich das A. N. U. S.-Emblem, ebenfalls in Gold, das stolz im Licht glänzte.

»Du schwörst, dass es sich nur um ein zwangloses Abendessen handelt, ja?«, fragte Tyler, als er den Anzug entgegennahm. Ich hatte einigen der engsten Freunde der Vegas nichts von der Party erzählt, weil ich befürchtet hatte, dass sie die Überraschung verderben würden. Und jemand wie Tyler war eine Gerüchteküche für sich; er hätte vor vier Monaten, als die erste Taube die erste Einladung überbracht hatte, direkt die Wahrheit über FaeBook verbreitet.

»So zwanglos wie eine Cranberry auf Cornflakes«, erklärte ich und zwinkerte ihm zu, als die Vegas nicht hinsahen, woraufhin er die Stirn runzelte. »Hopp, hopp, Leute, Zeit zum Umziehen! Ihr könnt die Toiletten am Ende des Flurs benutzen. Angelica hat den Vegas freundlicherweise ihre zur Verfügung gestellt.«

»Yay«, sagte Tory mit gespielter Begeisterung; ihr trockener Humor brachte mich immer zum Lachen.

Ich kicherte, als sie sich ins Badezimmer drängten, und griff dann nach meinem eigenen Kleid, das in einem atemberaubenden Apfelgrün erstrahlte, das meine bescheidene und bodenständige Natur widerspiegeln sollte. Ich war ein solider Baum, der meinen Königinnen Schatten spendete, wenn die Sonne zu heiß war, der ihnen bei einem Regenschauer Schutz bot und der ihnen Luft zum Füllen ihrer königlichen Lungen gab. Ich würde ihre starke und weise Stütze sein, treu und stolz bis zum Kern, während ich ihnen die alten Bräuche beibrachte und sie auf ihren Aufstieg von Prinzessinnen zu solarischen Königinnen vorbereitete.

Ich realisierte, dass ich die Hand gegen mein Herz presste, während ich sehnsüchtig auf die Badezimmertür starrte. Oft versank ich in ihrer Mitte in einen Zustand der Benommenheit; ihre Kraft, ihre königliche Natur und ihre absolute Klasse überwältigten mich manchmal.

Ich zog mich um, woraufhin Angelica begeistert klatschte, als sie mich begutachtete. Auf meiner Brust prangte nicht nur das A. N. U. S.-Emblem, sondern auch das Geburtsdatum der Vegas. Es leuchtete in blinkenden Lichtern auf, wenn ich mich drehte, und der riesige Rock wickelte sich um meine Beine.

Ich holte meinen Atlas heraus, während ich mich zum Spiegel bewegte, um meine Haare und mein Make-up für die Party zu richten, und schrieb meinem schlüpfrigen Seelachs, der mir heute im Verborgenen assistierte, eine SMS:

Geraldine:

Ist Mildred unter Kontrolle, du betörender Blauwal?

Maxy-Boy:

Sie ist hinter Schloss und Riegel, du sexy Seestern.

Ich rollte mit den Augen angesichts der Beleidigung. Warum er mich einen Seestern nannte, war mir ein Rätsel. Seesterne waren die Teufel des Meeres mit hinterlistigen kleinen Köpfen. Eine Regel, nach der ich lebte und die mir immer geholfen hatte, lautete: Wenn es fünf Beine hatte, war es kein Lebewesen, mit dem ich mich anfreunden wollte. Neeeein, danke.

Gemini
Scorpio
Virgo
Cancer
Aries
Leo
Sagittarius
Taurus
Capricorn
Aquarius
Libra
Pisces

MAX

KAPITEL 6

Eine trainierte Taube – ernsthaft, Leute? – tauchte im King's Hollow auf, als wir vier uns gerade anzogen, mit einer winzigen Schriftrolle am Bein. Ich sah zu, wie Cal den kleinen Bastard einfing und ihn davon befreite. Die Taube kackte auf die Couch und flog dann mit Höchstgeschwindigkeit wieder aus dem Fenster.

»*Es ist mir eine Ehre, die vier Celestia-Erben, Darius Acrux, Caleb Altair, Seth Capella und Max Rigel, zu den Feierlichkeiten anlässlich des Geburtstages der beiden Prinzessinnen von Solaria, Roxanya (Tory) Vega und Gwendalina (Darcy) Vega – den beiden wahren Erben des Solarischen Throns – einzuladen*«, las er vor und warf uns anderen einen vielsagenden Blick zu.

»Ist sie denn völlig verrückt geworden, uns eine solche Einladung zu schicken?« Seth schnaubte. »Wenn sie alle Einladungen so formuliert hat, werden wir den Vegas an ihrem Geburtstag in den Arsch treten müssen – nur um alle daran zu erinnern, wer hier das Sagen hat.«

»Heute wird niemandem in den Arsch getreten«, knurrte Darius warnend.

»Ich mache mir mehr Sorgen darüber, dass mein Mädchen meinen Namen an letzte Stelle gesetzt hat«, brummte ich. *Ich sollte doch wohl der erste Erbe sein, der Geraldine in den Sinn kam, oder nicht?*

»Vielleicht, weil sie nicht dein Mädchen ist und nur dein Schwanz das glauben will«, scherzte Darius, und ich hätte ihn dafür in Stücke reißen können. Aber angesichts des Zustandes seines eigenen Liebeslebens konnte er sich wohl ein paar Sticheleien über das meine erlauben.

»Vielleicht beanspruche ich sie heute Abend als mein Mädchen«, sagte ich stur. »Nein, streicht das. Ich *werde* sie heute Abend als mein Mädchen beanspruchen.«

Die anderen grinsten, als bezweifelten sie, dass ich auch nur die geringste Chance hätte. Ich stieß ein warnendes Knurren aus und ließ etwas von meiner Verärgerung auf sie überschwappen, damit sie alle ganz genau wussten, dass ich es ernst meinte.

»Ich glaube, du hast sowieso Konkurrenz«, sagte Cal vorsichtig. »Darauf solltest du dich vielleicht vorbereiten.«

»Konkurrenz von wem?«, höhnte ich. »Außer euch drei Arschlöchern ist niemand auf meinem Niveau, und solange mir keiner der Anwesenden etwas zu beichten hat, fühle ich mich nicht bedroht.«

»Sie ist ziemlich oft unten in der Feuer-Arena und beobachtet die Zwillinge beim Training«, erklärte Cal. »Aber neulich ist sie auch gekommen, als sie nicht da waren – und zwar, um Justin Masters zuzusehen.«

Ich rollte genervt mit den Augen und winkte ab, obwohl das Blut in meinen Adern brodelte.

»Dieser Typ ist nichts weiter als ein schleimiger Arschkriecher, dessen Familie für meinen Geschmack viel zu viel über die Royals schwafelt. Er ist ein machtgeiles Stück Scheiße, sonst nichts.«

»Mit Beziehungen«, fügte Seth hinzu.

»Seine Familie hat ihn dazu gedrängt, eine Verbindung mit einer der Vegas einzugehen«, meinte Darius. »Er hat Roxy mehrmals Avancen gemacht, bevor ich ihn in unserem Feuerelementar-Kurs herausgefordert habe und ihn vor allen Leuten dazu gezwungen habe, Sand zu fressen. Dann habe ich ihm gedroht, das täglich zu tun, wenn er sie nicht in Ruhe lässt. Vielleicht ist er jetzt also hinter der nächsthöheren Fae her – und du musst selbst zugeben, dass das Grus ist.«

»Glaubst du, er hat ernsthaft damit gerechnet, eine Vega klarzumachen?«, fragte Seth, während ich versuchte, meine Empörung über die Vorstellung zu unterdrücken, dass sich dieser nasse Waschlappen an meine Grus heranmachen könnte.

»Die Zwillinge würden sich niemals für eine politische Ehe entscheiden«, entgegnete Cal abweisend. »So berechnend sind sie nicht. Obwohl ich vermute, dass Tory sich jetzt, da sie weiß, dass sie nie …« Der verdammte Idiot verstummte, als ihm klar wurde, dass er diesen Scheiß laut ausgesprochen hatte. Ich spürte Darius' Schmerz wie einen Schlag in die Magengrube, bevor er seine Mauern wieder dichtmachte, um mich auszusperren.

Seth boxte Caleb gegen den Arm, und Cal war so vernünftig, sich zu entschuldigen, während Darius frustriert ausatmete und mit einem Achselzucken aus dem Fenster schaute.

»Macht es mich zu einem kompletten Mistkerl, weil ich die feste Absicht habe, jeden Kerl zu verjagen, der sie auch nur ansieht, geschweige denn auf die Idee kommt, eine politische Verbindung mit ihr einzugehen? Obwohl ich weiß, dass ich selbst den Gang zum Altar antreten werde, sobald ich meinen Abschluss gemacht habe?«, fragte Darius.

»Ja«, sagte Seth mit einem leisen Wimmern. »Das macht dich zu einem Mistkerl. Aber ich werde definitiv zusehen, wenn du ihnen die Scheiße aus dem Leib prügelst.«

Wir lachten alle, und Darius sah für eine Minute weniger hoffnungslos aus, bevor er den Kopf schüttelte. »Wenn ich Mildred wirklich heirate, war's das. Roxy wird nie wieder mit mir sprechen. Wenn wir bis dahin keinen Ausweg aus dieser Situation finden, weiß ich nicht, was ich tun soll. Manchmal denke ich, dass ich besser daran täte, in die Welt der Sterblichen zu verschwinden und nie wieder zurückzublicken.«

»Dazu wird es nicht kommen, Bruder«, beruhigte ich ihn, obwohl ich so etwas natürlich nicht versprechen konnte. Aber wir alle wussten, dass er nicht wirklich gehen würde. Darius war zu nobel, auch wenn das von außen hin nicht unbedingt so aussah. Er würde immer das tun, was das Beste für Solaria war, und er würde alles opfern, nicht zuletzt sein eigenes Glück, um auch seinen Bruder zu beschützen.

»Was steht noch in der Einladung?«, fragte Darius, ohne sich die Mühe zu machen, uns mit sinnlosen Plattitüden zu langweilen.

Caleb beäugte die schicke kleine Schriftrolle aufs Neue und las weiter. *»Bitte bestätigt eure Teilnahme, indem ihr eine Freudenträne auf diese Seite tropft und dann den Anweisungen zum Hauptevent folgt.«*

»Eine was?«, fragte Seth und riss Caleb die Einladung aus der Hand, um sie selbst zu lesen.

»Nur Geraldine kommt auf die Idee, davon auszugehen, dass alle, die zur Geburtstagsparty der Zwillinge eingeladen sind, vor Glück darüber weinen«, stöhnte Darius und warf mir einen flüchtigen Blick zu.

»Welcher verdammte Zauber erkennt eine Freudenträne?«, fragte Seth, während er versuchte, die Einladung gegen das Licht zu halten, als könnte er die Anweisungen finden, wenn er die Augen nur fest genug zusammenkniff.

»Ich glaube nicht, dass sie zu einem solchen Zauber in der Lage wäre«, sagte ich nachdenklich. »Vermutlich reicht einfaches Salzwasser.«

Ich schnappte Seth die Einladung aus der Hand, ging zur

Küchenzeile, legte sie dort ab, streute etwas Salz darüber und ließ dann ein paar Wassertropfen von meinen Fingerspitzen darauf fallen.

Die Seite begann, zu schimmern, und am unteren Rand erschien in goldener Schrift: *Bitte kommt umgehend zur Südseite des Sees. Diese Einladung ist eure Eintrittskarte.*

»Wir sollten besser los, wenn wir Gerry dabei helfen wollen, alle zu verstecken«, sagte ich, griff nach meinem Jackett und zog es mir über.

Die anderen taten es mir gleich, obwohl Darius sich dafür entschieden hatte, auf sein Jackett zu verzichten. Er trug ein schwarzes Hemd und eine schwarze Hose und sah so aus, als wäre ihm alles egal – wie immer eben. Kein Wunder, dass er und Tory Vega ein Traumpaar waren. Ich könnte wetten, sie würde zu ihrer verdammten Krönung in einem bauchfreien Top und kurzen Shorts erscheinen. Falls sie jemals den Thron besteigen sollte. Die beiden waren einander so ähnlich, dass ich nicht glauben konnte, dass wir nicht sofort herausgefunden hatten, dass sie füreinander bestimmt waren.

Wir machten uns auf den Weg zum See. Zunächst deutete nichts darauf hin, dass dort eine Party stattfand, aber als wir näher kamen, spürte ich ein magisches Knistern in der Luft. Als wir die magische Grenze überschritten, wurde die Einladung, die ich in meine Tasche gesteckt hatte, heiß – und ging dann in Flammen auf und verwandelte sich in Asche, sobald ich sie herauszog. In dem Moment, in dem sich die Einladung auflöste, platzte auch die Illusion, die den Ort der Party vor uns verborgen hatte. Vor mir stand ein Palast, der aus Erdmagie gebaut worden war. Und es war nicht irgendein Palast – Geraldine hatte ein perfektes Miniaturexemplar des Palasts der Seelen erschaffen.

Mittig führte eine Holztür ins Innere, aber ringsherum befanden sich Zinnen, Türme und Brücken, die genauso aussahen wie das Zuhause, in dem die Vegas hätten aufwachsen sollen. Geraldine hatte jeden der Türme mit zwei im Wind flatterten Seidenfahnen gekrönt:

einer königsblauen, auf der in silbernen Buchstaben Darcy stand, und einer schwarzen, die mit goldenen Buchstaben verziert war und den Namen Tory trug.

Mein Atlas klingelte in meiner Tasche, während wir alle auf das lächerlich beeindruckende Meisterwerk starrten. Ich wusste, dass Geraldine monatelang daran gearbeitet haben musste. Wenn sie das Ding den Lehrern zeigte, um sich einen Bonus zu verdienen, würde sie wahrscheinlich die Führung im Erdelementar-Kurs übernehmen – was Seth und Cal auf die Palme bringen würde.

»Ich kann irgendwie verstehen, warum Geraldine unsere Partyversuche peinlich fand, wenn man sich das hier so ansieht«, sagte Seth, während er den Kopf in den Nacken legte, um alles sehen zu können.

»Ja, es war wahrscheinlich ziemlich dumm von uns, nicht zu realisieren, dass sie für diesen Tag alle Hebel in Bewegung setzen würde«, meinte ich, während wir auf den Eingang zugingen.

Die Türen öffneten sich wie von Zauberhand, und wir betraten einen riesigen Ballsaal. Jede Wand, der Boden und sogar die Decke waren mit unzähligen Bildern der Zwillinge geschmückt. Ihre Namen waren einfach überall. Es war irgendwie gruselig und mutete fast wie eine Art Schrein an.

»Wenn ich es nicht besser wüsste, könnte ich auf die Idee kommen, dass sie auf die beiden steht«, murmelte Seth, während er sich mit hochgezogenen Augenbrauen umsah.

In der Mitte des Raumes war ein kleiner Tisch gedeckt, bereit für ein intimes Essen für sieben Personen – die Vegas und ihre besten Freunde.

»Heilige Scheiße! Ihre Stühle sind Nachbildungen des Solarischen Throns«, bemerkte Cal, und als ich mir die beiden Stühle ansah, die am Kopfende des Tisches standen, erkannte ich, dass er recht hatte.

»Sollen wir das einfach so hinnehmen?«, fragte Seth, dessen Finger zuckten, als würde er es kaum erwarten können, seine Erdmagie auf sie loszulassen, um ihr Aussehen zu verändern.

»Es ist doch nur ein Stuhl«, murmelte Darius und zuckte mit den Schultern. »Wenn wir anfangen, an Geraldines Dekoration herumzuspielen, wird sie einen Anfall bekommen und versuchen, uns rauszuwerfen. Und dann müssen wir entweder gehen oder einen Aufstand machen, der in eine Schlägerei ausarten könnte. Das scheint nicht wirklich der beste Weg zu sein, um sicherzustellen, dass sie ihre Party genießen.«

»*Nur* ein Stuhl?«, fragte ich erstaunt. »Dieser Thron ist der Grund dafür, warum wir mit ihnen im Krieg sind. Wir warten alle auf den Tag, an dem wir uns auf den Thron setzen können. Und du nennst ihn nur einen Stuhl?«

»Ich habe mich bereits darauf gesetzt. Bin ich deshalb jetzt mächtiger als du?«, fragte Darius spöttisch.

»Wann?« Seth schnappte nach Luft, seine Augen weiteten sich und er verzog das Gesicht vor Eifersucht.

»Als wir über Weihnachten im Palast waren. Ich habe die Party verlassen und mich darauf gesetzt, um wegen Roxy zu schmollen.«

»Du hast Glück, dass sie dich dort nicht gefunden hat«, scherzte ich und schüttelte den Kopf angesichts seiner Dreistigkeit. »Wer zum Teufel setzt sich einfach auf einen Thron, als hätte er keine verdammte Bedeutung?«

»Oh, ich hatte tatsächlich das Glück, dass sie mich dort gefunden hat«, sagte er grinsend. Mir blieb der Mund offen stehen, als ich den Geschmack von Lust spürte, der ihm entwich.

Bevor ich weitere Informationen einholen konnte – denn: was zur Hölle? –, öffneten sich hinter uns erneut die Türen und der Rest von Geraldines speziell ausgewählten Gästen strömte herein. Wir hatten unsere Anweisungen erhalten und begannen, sie alle anzuweisen, sich an den Seiten des Raumes aufzustellen. Dabei fiel mir schnell auf, dass jede einzelne Person hier eines dieser dämlichen A. N. U. S.-Abzeichen trug. Wir standen jetzt also offiziell in den Reihen des Feindes.

Sobald alle drinnen waren, nutzten wir vier die vereinte Kraft unserer Magie, um eine dicke Schicht aus Verhüllungs- und Illusionszaubern zu wirken und außerdem eine Stillekuppel zu errichten, um alle unsichtbar zu machen. Dann warteten wir an der hinteren Wand, bis Geraldine mit den Zwillingen auftauchte.

Darius lehnte neben mir und verschränkte die Arme vor der Brust, während er den Eingang wie ein Falke beobachtete. Ich fragte mich, ob er sich entschieden hatte, seine Gefühle für Tory zu akzeptieren. War er durch mit dem ganzen Schwachsinn, den sein Vater ihm aufgedrängt hatte? Dem, was er geglaubt hatte, für Solaria tun zu müssen? Es schien jedenfalls so. Er versuchte nicht einmal mehr, seine Gefühle für sie in der Öffentlichkeit zu verbergen oder den Mildred-Bullshit verkaufen zu wollen. Ich hoffte nur, dass wir wirklich einen Weg finden würden, ihnen eine zweite Chance zu geben. Denn ich war mir nicht sicher, ob ich mein ganzes Leben damit verbringen könnte, den Schmerz zu spüren, der von ihm ausging. Und das, wo ich doch wusste, dass er in seinem Leben noch nie wirklich glücklich gewesen war.

Endlich schwangen die Türen auf, und Geraldine stolzierte mit einem lauten »Ta-da!« ins Zimmer – gefolgt von den Vegas mit ihren beiden kleinen Freunden – dem Pegasusmädchen und dem Mützenjungen – dicht hinter ihnen, sowie diesem Trottel Tyler Corbin, der ständig FaeBook-Posts über uns veröffentlichte, und dem Drachenmädchen.

Darcy und Tory waren in riesige gelbe bauschige Kleider gehüllt, auf denen das Sternbild der Zwillinge flackerte – und ich konnte nicht anders, als zu lachen. Seth musste sich den Bauch halten, um nicht loszubrüllen, und Darius grinste, als sein Blick über Tory schweifte, die eindeutig ein Geraldine-Special trug.

»Wow, Geraldine, das ist so süß«, sagte Darcy und schaute sich die unzähligen Bilder von sich selbst an den Wänden an, ohne die Fae zu bemerken, die wir im Raum versteckt hatten. Die Emotionen, die von ihr ausgingen, waren vielmehr von Schock und Verlegenheit geprägt, als sie die riesigen Bilder ihres eigenen Gesichts anstarrte, aber sie verbarg diese Gefühle um Geraldines willen ziemlich gut.

»Scheiße, ich hätte nicht gedacht, dass es so viele Fotos von mir gibt. Geschweige denn drei Meter große Schnitzereien meines Gesichts«, fügte Tory trocken hinzu, während sie sich ebenfalls umsah. Sie gab sich deutlich weniger Mühe, ihre Reaktion zu verbergen.

Ich musste lachen, als Geraldine entweder das Entsetzen, das die Zwillinge beim Anblick dieser übertriebenen Dekorationen empfanden, völlig übersah oder sich entschied, die Wahrheit zu ignorieren. Wir hatten strikte Anweisung, zu warten, bis sie saßen, bevor wir alle enthüllten. Dann würden alle aufspringen und »Überraschung« rufen, also warteten wir, während sie sich unterhielten.

»Papperlapapp«, tadelte Geraldine, während sich die anderen dafür entschieden, angesichts der verrückten Deko zu schweigen. »Im Internet sind unzählige Bilder von dir im Umlauf. Das wüsstest du, wenn du selbst danach gesucht hättest. Bei vielen handelt es sich um wunderschöne Schnappschüsse, die ohne dein Wissen aufgenommen wurden und die Essenz deiner Seele auf atemberaubende und fesselnde Weise einfangen. Es gibt Hunderte von Chatrooms, die sich dem Lob deiner Schönheit und dem Glück jedes Gentlefaes widmen, der in Zukunft dein Herz erobern könnte.«

Darcy verzog angewidert das Gesicht, und ihr Herzschmerz über Orion ließ mich förmlich zusammenzucken, während Tory einen entsetzten Laut von sich gab.

»Ich glaube nicht, dass ich für einen Gentlefae geeignet bin«, sagte sie mit einem Schaudern. »Ich scheine eine Schwäche für groß, dunkel und zerstörerisch zu haben.«

Ich warf Darius einen Blick zu und sah das Lächeln, das seine Lippen umspielte, aber es verschwand wieder, als sie fortfuhr.

»Aber natürlich sehne ich mich immer nur nach Dingen, die schlecht für mich sind. Ich bin eindeutig eine Masochistin oder so, unfähig, einen Mann zu wählen, der nicht darauf aus ist, mich zu zerstören. Vielleicht war es immer mein Schicksal, sternverflucht zu sein. Es kommt mir zumindest ziemlich fair vor.«

»Wie kommst du dazu, so etwas zu sagen, Mylady?« Geraldine keuchte auf und starrte Tory entsetzt an.

»Weil ich eine gehässige Schlampe bin, die so lange geglaubt hat, nicht geliebt werden zu können, dass es schließlich wahr geworden ist.« Ihre Worte waren voller Härte, aber sie hatte ihre mentalen Schutzschilde nicht hochgezogen, also konnte ich die Wahrheit in ihnen spüren. Sie war genauso verzweifelt wie Darius, von Schuldgefühlen geplagt wegen ihrer Rolle in dem, was ihnen widerfahren war, und dazu noch von einer gehörigen Portion Selbsthass erfüllt.

Torys Maske, mit der sie ihre Gefühle verbarg, war eine der härtesten, die ich je gesehen hatte. Und ich konnte nicht anders, als an die beschissene Wohnung zu denken, in der sie im Reich der Sterblichen gelebt hatten, wenn ich darüber nachdachte. Ich bezweifelte, dass wir jemals wirklich verstehen würden, was sie in ihrer Kindheit durchgemacht hatten.

Der Mützenjunge und die anderen nahmen schweigend ihre Plätze am Tisch ein, beäugten nach wie vor die Wände und tauschten verstohlene Blicke miteinander aus, während sie offensichtlich versuchten, nicht zu lachen. Aber sie schwiegen und steuerten nichts zum Gespräch bei. Sie waren alle in ähnlich verrückte Outfits gekleidet und sahen ein bisschen aus wie eine Gruppe Clowns bei einer Show. Mein Mädchen hatte wirklich einen verrückten Geschmack.

Darcy nahm die Hand ihrer Schwester und drückte einen Moment lang ihre Finger, wohl wissend, dass sich Tory nur so hart gab. Tory lächelte sie sanft an, was mir das Herz brach. In diesem Moment sah ich nicht die beiden zurückgekehrten Prinzessinnen, die gekommen waren, um uns den Thron zu entreißen. Ich sah zwei Schwestern, die in ihrem Kummer vereint waren und ihrer Freundin zuliebe gute Miene machten, indem sie bei diesem ganzen Theater mitspielten.

»Ist sie wirklich so unglücklich, wie sie gerade aussieht?«, fragte mich Darius mit leiser Stimme, und ich zuckte mit den Schultern, weil ich es nicht gerade leugnen konnte.

»Viele Leute mögen keine Geburtstage«, sagte ich in dem Versuch, die Wahrheit zu mildern. Aber er verkrampfte sich nur noch mehr auf meine Antwort hin. Er gab sich die Schuld für alles, was sie durchmachte, und es gab nichts, was einer von uns sagen konnte, um ihn davon abzubringen.

»Warum ist Dean überhaupt hier?«, fragte er und warf dem Mützenjungen einen finsteren Blick zu. »Ich verstehe nicht, warum sie ihn ständig in ihrer Nähe dulden. Er ist einer der rangniedrigsten Fae in ihrem Jahrgang.«

»Bist du etwa eifersüchtig?«, neckte Seth ihn von der anderen Seite, und Darius' Stirnrunzeln intensivierte sich.

»Als ob ich mich von jemandem wie ihm bedroht fühlen würde. Ich verstehe nur einfach ihre Methoden nicht. Alle anderen an diesem Ort wählen ihre Freunde zumindest teilweise nach ihrer Macht aus. Aber sie tun so, als wäre das völlig egal. Darren sollte nicht einmal auf ihrem Radar sein.«

»Vielen Dank, dass du das organisiert hast, Geraldine«, sagte Darcy und wechselte das Thema, als sie auf ihre Stühle am Tisch zugingen. »Es ist perfekt. Als du zum ersten Mal von einer Feier gesprochen hast, hatte ich das schreckliche Gefühl, dass du vielleicht eine riesige Party organisiert hast oder so – inklusive aller Fae der Academy, die herumlungern und erwarten, dass wir eine Show abziehen. Und nach allem, was seit Orions

Verhaftung passiert ist, kann ich mir nichts Schlimmeres vorstellen, als heute Abend diese Blicke ertragen zu müssen.«

»Ja, ein Glück«, fügte Tory hinzu. »Ich bin überrascht, dass du dich zurückhalten konntest, aber ich glaube wirklich nicht, dass ich mit einer riesigen Party mit uns im Fokus zurechtgekommen wäre. Ernsthaft, mein ganzes Leben scheint daraus zu bestehen, dass ich aus dem einen oder anderen Grund angestarrt werde – und ich kann mir nichts Besseres vorstellen, als heute Abend einfach mit euch abzuhängen.«

»Peeeeinlich«, murmelte Cal, und mein Herz verkrampfte sich für Geraldine, die sich mit kaum verhohlener Panik im Raum umsah, wohl wissend, dass Hunderte von Fae darauf warteten, jeden Moment hervorzuspringen und »Überraschung« zu rufen.

»Kannst du dir vorstellen, einen Abend in der Gesellschaft der Erben verbringen zu müssen?«, stöhnte Darcy. »Ich meine, sie waren in letzter Zeit vielleicht etwas weniger aggressiv, aber ich schwöre, es ist einfach anstrengend, mit ihnen zusammen zu sein. Alles ist ein Wettbewerb oder ein Machtspiel.«

»Oder ein Schwanzvergleich«, fügte Tory grinsend hinzu.

»Oh, tja, sie können durchaus eine Gruppe beharrlicher Barrakudas sein«, sagte Geraldine mit panischem Blick, als versuchte sie, einen Weg zu finden, die Party aufzulösen, ohne dass die Zwillinge davon Wind bekamen. »Aber ich glaube, ihre Absichten sind rein. Sie scheinen Frieden zu wollen und natürlich haben die Sterne Darius für dich bestimmt, Mylady Tory, also muss er zumindest einige erlösende Eigenschaften haben.«

»Eine oder zwei«, gab Tory grinsend zu.

»Bitte sag nicht, dass sein Schwanz eine davon ist«, stöhnte der Mützenjunge. »Ich höre viel zu viel über die Schwänze anderer Jungs, wenn ich mit euch unterwegs bin. Ich brauche mehr männliche Freunde.«

»Damit ihr über Vaginas reden könnt?«, neckte Tory.

»Oder Brüste?«, fügte Darcy hinzu.

»Nicht, solange ich hier bin, bitte«, stöhnte die kleine Blondine, und die Wangen des Mützenjungen färbten sich vor Verlegenheit rosa.

»Willst du nicht, dass wir beim Abendessen über deine perfekten Brüste reden, Baby?«, fragte Tyler sie und erntete damit Gelächter von den anderen, während der Typ mit der Mütze immer röter wurde.

»Der Punkt ist, dass wir es wirklich zu schätzen wissen, dass du keinen großen Wirbel um unseren Geburtstag gemacht hast, Geraldine«, sagte Tory, als sie ihren Stuhl herauszog. »Denn das wäre eine verdammte Folter gewesen.«

Darcy lachte, während die beiden ihre Plätze einnahmen, und ich warf einen Blick auf die anderen Erben, die mit den Schultern zuckten, bevor wir gemeinsam dafür sorgten, dass der Zauber, der uns alle umgab, verschwand.

Dem »Überraschung« der Menge fehlte es definitiv an Enthusiasmus, und ich konnte mir ein Lachen nicht verkneifen, als die Zwillinge vor Schreck zusammenzuckten. Schockiert schienen sie zu realisieren, dass sie das alles gerade vor allen gesagt hatten, und Geraldine sah so aus, als würde sie gleich in Tränen ausbrechen.

Tory erholte sich am schnellsten, lachte laut und stieß Darcy mit dem Ellbogen an, damit sie auch mitmachte.

»Reingelegt!«, sagte sie laut und zeigte auf Geraldine. »Ihr habt doch nicht wirklich geglaubt, dass ihr eine Überraschungsparty planen könnt, ohne dass wir davon Wind bekommen, oder?«

»Oh … äh … ja«, fügte Darcy schnell hinzu. »Ihr seid voll auf den Scheiß reingefallen, den wir gerade gesagt haben, oder?«

Geraldine starrte verwirrt zwischen ihnen hin und her, sichtlich unschlüssig, was nun wahr war und was nicht. Ich entschied, zu helfen, legte den Zwillingen die Arme um die Schultern und grinste breit.

»Gut gemacht, Mädels, ihr hättet Gerrys Gesicht sehen sollen.

Du bist voll drauf reingefallen.« Mein Lächeln wurde breiter, als Geraldine dem Ganzen endlich zu glauben schien und grinste.

»Oh, ihr frechen Mädchen! Ihr habt mich für einen Moment ganz schön durcheinandergebracht. Ich dachte, ich hätte die letzten sechs Monate damit verbracht, das hier zu planen, nur um dann einen fürchterlichen Fehler zu machen. Aber natürlich wollt ihr mit all euren treuen A. N. U. S.-Freunden das Tanzbein schwingen. Diese Party soll die fröhlichste aller Festivitäten werden!« Sie verschwand in der Menge und einen Moment später ertönte Musik von einer Live-Band, die sie auf einer Bühne an der Seite des Raumes versteckt hatte.

Darcy schob meinen Arm von ihrer Schulter und seufzte. »Danke, dass du uns gedeckt hast«, murmelte sie.

»Ja, vielleicht werde ich sie heute Abend ausnahmsweise nicht davor warnen, sich mit deinen Tentakeln anzulegen«, scherzte Tory und lehnte sich einen Moment lang an mich, während ich mit meinen Gaben etwas von ihrem Kummer wegnahm. Es war das erste Mal, dass sie mich das bereitwillig tun ließ, und sie grinste mich wissend an, bevor sie ihr Phönixfeuer einsetzte, um mich wieder wegzustoßen. »Aber wenn du oder deine kleinen Kumpels auch nur ein Wort über die hässlichen Kleider oder irgendetwas anderes sagt, das uns auf die Palme bringen könnte, werde ich ihr sagen, dass du Mantiläuse und mich an meinem Geburtstag zum Weinen gebracht hast. Dann wirst du nie wieder in die Nähe ihres Damenbuschs kommen.«

Ich lachte laut, während ich die gelben Chiffonschichten beäugte, in die sie gehüllt war, und versuchte, alle Anzeichen von Belustigung aus meinem Gesicht zu verbannen.

»Das würde mir nicht im Traum einfallen. Ihr beide seht verdammt ... unglaublich aus«, erklärte ich mit einem Grinsen, das sie wissen lassen sollte, dass das kein Kompliment gewesen war. Lachend ergriff Tory Darcys Arm und zog sie zur Bar.

»Wir müssen uns betrinken, wenn wir das überleben wollen«, murmelte sie, und Darcy lachte trocken.

»Vielleicht finde ich eine Ecke, in der ich mich verstecken kann.«

»Viel Glück dabei, eine zu finden, in der nicht dein Gesicht in die Wand geritzt ist«, scherzte ich, und sie stöhnte, während ich ihnen zur Bar folgte, wo die anderen Erben bereits Getränke bestellten.

Tory drängte sich zwischen Seth und Darius, zog Darcy neben sich und blickte zu dem Mann auf, der ihr Gefährte hätte sein sollen.

»Happy Birthday«, sagte Darius und schien ihren Anblick förmlich in sich aufzusaugen – trotz des verdammt hässlichen Kleids. »Tut mir leid, dass du meine Gesellschaft ertragen musst.«

Tory lachte ungeniert, und Darcy grinste, ohne sich darum zu kümmern, dass wir ihre Rede mitbekommen hatten.

»Beweise uns, dass wir falschliegen«, neckte Tory. »Vielleicht lasse ich dich dann sogar mit mir tanzen.«

Darius strahlte förmlich, weil sie ihm ihre ungeteilte Aufmerksamkeit schenkte, und ich lächelte vor mich hin, während ich den Shot entgegennahm, den Caleb mir hinhielt, und das Glas in einem Schluck leerte.

»Ich weiß nicht, ob ich mich zum Tanzen aufraffen kann«, stöhnte Darcy, während der Barkeeper eine Reihe von Shots vor ihr aufbaute. »Jedenfalls nicht, bevor ich nicht viel betrunkener bin. Vielleicht sollte ich mich einfach betrinken.«

»Ich betrinke mich mit dir, Babe, überhaupt kein Problem«, meinte Seth mit einem wölfischen Grinsen.

»Warum gibst du Tory nicht ihr Geschenk, Darius?«, fragte ich und hob die Augenbrauen, als er mich böse anfunkelte, weil ich das Thema angesprochen hatte. Aber ich wusste, dass er das Thema aufschieben würde, und ich wollte ihre Gefühle spüren, wenn er es ihr gab.

»Du hast mir ein Geschenk besorgt?«, fragte sie neugierig, sah zu ihm auf, biss sich auf die Lippe und wartete.

»Euch beiden, ja«, antwortete er, zog zwei kleine Schachteln aus seiner Tasche und reichte sie den Zwillingen. »Ist ja schließlich euer beider Geburtstag.«

»Du lässt uns andere wie Idioten dastehen«, sagte Cal und schüttelte den Kopf.

Darcy war mehr als nur ein wenig überrascht, als sie ihr Geschenk annahm, und sie warf einen Blick auf Tory, bevor sie es öffnete. In der Schachtel befand sich ein Platinarmband mit sieben Anhängern. Ein Anhänger für jedes ihrer Elemente – Luft, Feuer, Erde und Wasser –, ein weiterer mit dem Sternzeichensymbol der Zwillinge, einem Buchstaben G und einem R.

»Du musstest unbedingt Gwendalina und Roxanya nehmen, was?«, neckte Darcy, während sie das Armband inspizierte. »Konntest du dieses Thema nicht einmal sein lassen?«

»Nö«, antwortete Darius mit einem Grinsen. »Es sei denn, du würdest es vorziehen, wenn ich dich Spitzmaus nenne? Das ist immer eine Option.«

»Nein, danke. Aber ich werde kleine Kronenanhänger kaufen, die dazu passen. Da wir hier auf absolute Genauigkeit bedacht sind, ist es nur logisch, darauf hinzuweisen, dass wir auch Prinzessinnen sind«, sagte Darcy und warf ihm einen frechen Blick zu.

Tory lachte, als sie ihre eigene Schachtel öffnete und ein entsprechendes Armband von dem kleinen Kissen darin nahm. Der einzige Unterschied war der Drachenanhänger, der vollständig aus Rosenquarz gefertigt war und neben dem Buchstaben R rosafarben leuchtete. Sie starrte ihn lange genug an, um zu signalisieren, dass sie die Bedeutung des Rosenquarzes verstand. Damit gab Darius ihr zu verstehen, dass er ihr gehörte und er wollte, dass sie im Gegenzug ihm gehörte. Auch wenn die Sterne das im physischen Sinne nicht zuließen.

Es tat weh, das mitanzusehen – ganz zu schweigen von der Mischung aus Emotionen, die von den beiden ausgingen.

»Danke«, murmelte Tory und erlaubte Darius, es an ihrem Handgelenk zu befestigen, während sie ihn intensiv ansah.

Dabei kam sein Gesicht dem ihren ziemlich nahe. Sobald er den Verschluss geschlossen hatte, beugte sie sich vor und berührte ihre Lippen mit seinen.

Ein tiefes Grollen hallte durch das gesamte Gebäude, und ein Erdbeben erschütterte den Boden unter unseren Füßen. Tory zog sich schnell wieder zurück, griff nach einem Schnaps und trank ihn, während sie den Blick für keine Sekunde von Darius nahm. Er sah aus, als würde er mit aller Kraft dagegen ankämpfen, sie in seine Arme zu ziehen, während er sie ebenfalls beobachtete, die Fäuste an den Seiten geballt.

Mit einem weiteren Drink in der Hand entfernte sie sich von uns, ließ sich von der Menge verschlucken und brachte Abstand zwischen uns. Die Erde beruhigte sich und Darius seufzte.

»Wir werden einen Weg finden«, versprach ich, nicht zum ersten Mal, und er zuckte nur mit den Schultern. Er glaubte nach wie vor nicht daran, aber ich wusste, dass er hoffte, dass es irgendwie wahr werden würde.

»Komm schon, ich suche Gerry und dann können wir alle zusammen tanzen. Die Sterne werden es vielleicht nicht einmal bemerken, wenn ihr beide euch aneinander reibt, wenn wir alle zusammen sind.«

Darius lachte laut auf, und ich grinste ihn an, während ich ihn auf die Tanzfläche führte. Es war mir sogar egal, dass wir mit diesem Plan versuchten, den Sternen selbst zu trotzen. Denn zum ersten Mal in meinem Leben wollte ich mich nicht dem Willen des Himmels oder der Hand des Schicksals beugen. Ich wollte die Sterne für meinen Bruder neu positionieren, und wenn das bedeutete, dass ich Gerry gleichzeitig näher kam, dann würde ich mich ganz sicher nicht darüber beschweren.

Scorpio
Virgo
Gemini
Cancer
Aries
Leo
Sagittarius
Taurus
Capricorn
Aquarius
Libra
Pisces

GERALDINE

KAPITEL 7

Die Party war in vollem Gange und alle hatten eine wilde Zeit. Ich konnte es kaum erwarten, meine nächste Überraschung zu enthüllen. Die Vegas waren bereits mit Pegasus-Glitzer überschüttet worden, nachdem Sofias gesamte Herde eine improvisierte Flugshow im Bankettsaal hingelegt hatte, die auf große Begeisterung gestoßen war. Der Geschenketisch, den ich mit Erdmagie erschaffen hatte, drohte unter dem Gewicht der Geschenke zusammenzubrechen – ich hatte ihn seit dem Beginn der Party dreimal verstärken müssen.

Ich wiegte meine Hüften und wackelte mit dem Hintern, während die Band einen schwungvollen Beat spielte. Ich lachte herzlich, als Mylady Tory sich an Darius Acrux rieb, während Maxy-Boy und Caleb mit ihnen tanzten, um sicherzustellen, dass die Sterne sich nicht daran störten. Tyler wirbelte Sofia herum und sogar Diego drehte sich, während Angelica ihm den Vamba-von-Vega-Jive beibrachte. Wir hatten mehrere lange Abende bei unseren A. N. U. S.-Treffen damit verbracht, diese spezielle Tanzroutine zu perfektionieren, und ich wollte gerade mit meinem linken Fuß stampfen und meinen Po kreisen lassen, um mitzumachen, als mir auffiel, dass Mylady Darcy nicht in der Menge war. Ich stand so still wie ein Pumpernickel im Brotregal und suchte nach ihr, verzweifelt darauf hoffend, ihr Lächeln irgendwo im Raum zu entdecken. Aber ich konnte sie nicht ausmachen.

Wummernde Wachteleier, das geht so nicht! Wo ist meine Königin?

Ich drängte mich durch die Menge und kreischte Justin Masters an, als dieser versuchte, meine Hand zu ergreifen und mit mir zu tanzen. »Später, du gut aussehender Gockel! Ich habe keine Zeit zu verlieren.«

Ich rannte weiter zum Geschenketisch, aber auch dort war sie nicht, genauso wenig wie am Buffet.

Ich sah, wie dieser Unhold von einem Werwolf, Seth Capella, den Raum verließ und die Treppe zum Balkon emporstieg. Ich eilte ihm nach, weil ich befürchtete, dass er meiner Königin wieder etwas Schreckliches angetan hatte. In den letzten Monaten hatte er zwar etwas mehr Anstand gezeigt, aber bei Jupiters Heiligenschein, ich traute diesem Hund nicht über den Weg.

Ich rannte zur Treppe und jagte ihn bis zum Balkon, wo ich augenblicklich den blauen Haarschopf entdeckte.

»Halt, du teuflischer Hund!«, schrie ich. Seth wirbelte herum, genau wie Darcy, die am Balkongeländer stand. Keuchend hob ich die Hände und wirkte eine Ranke, um meinen Rock zu einer Hose zu binden, damit ich mich im Kampf leichter bewegen konnte.

»Was ist los?«, fragte Darcy alarmiert.

»Dieser Pudel-Plagegeist hat sich an dich herangeschlichen, um eine heimtückische Tat zu begehen. Ich sehe dich, Seth Capella, und ich fordere dich zu einem Duell heraus«, rief ich und wirkte eine weitere Ranke, um meine Haare zu einem festen Knoten zusammenzubinden. Oh, was für barbarische Dinge könnte ich diesem tyrannischen Terrier, diesem liederlichen Labrador, diesem hinterhältigen Husky antun.

»Habe ich nicht«, wehrte Seth ab. »Ich bin nur hier, um mit Darcy zu reden. *Allein*, wenn es dich nicht stört.«

»Oh, und wie es das tut. Es stört mich so sehr, wie es eine Tomate stört, wenn sie als Gemüse denunziert wird, obwohl sie eindeutig eine Frucht ist.«

»Nichts für ungut, aber hast du was genommen? Denn dann hätte ich auch gern was davon.« Seth grinste dieses Grinsen, das bei Mädchen alle möglichen sündigen Dinge auslöste. Meine Lady Petunia war nicht immun gegen seinen Charme, aber ich würde mich nicht in seine Fae-Falle locken lassen.

»Ich habe in meinem ganzen Leben weder Trank noch Schank zu mir genommen. Allein die Andeutung macht mich krank«, stieß ich beleidigt hervor.

»Ist alles in Ordnung, Geraldine?«, fragte Darcy, als Seth den Mund öffnete, um erneut etwas zu erwidern. Er brauchte ein paar Löffel Marmelade in ein oder zwei Körperöffnungen, um zu lernen, einer Lady gegenüber keine Widerworte vorzubringen. Er hatte absolut keine Manieren.

»Nein, meine süße Darcy!«, klagte ich. »Denn du bist allein hier oben. Und das an deinem Geburtstag.«

»Oh«, hauchte sie, und ihre Wangen färbten sich rosa, während sie zwischen mir und dem streunenden Köter hin und her blickte. Sie seufzte und ließ die Schultern hängen. »Es tut mir leid, ich komme bald wieder nach unten. Ich wollte nur etwas frische Luft schnappen.« Sie lächelte, aber es lag kein echtes Glück darin, und das reichte aus, um mich auf die Knie fallen und laut in den Himmel schluchzen zu lassen.

»Mylady, was kann ich tun, um ein Lächeln auf deine Lippen zu zaubern? Soll ich meine Tante bitten, diesem unverschämten Professor eine Tracht Prügel zu verpassen, wenn er das nächste Mal in den Heilräumen von Darkmore in ihre Obhut gebracht wird?«

»Was?«, fragte sie, und Entsetzen spiegelte sich in ihrem Gesicht. »Er wurde verletzt?«

»Oh, mehrfach, Mylady, so ist das nun mal an einem solchen Ort. Meine Tante erzählt mir alle möglichen Geschichten über diesen grässlichen Kerker. Dein lieber Orion hat Glück, dass er nur Knochenbrüche erlitten hat. Sie erzählt mir Geschichten von aufgeschlitztem Fleisch, nässenden Wunden, Löchern im Kopf und herausgerissenen Zehennägeln …«

»Du bist keine große Hilfe«, unterbrach mich Seth, und ich schaute zu Darcy, bevor ich mich entschied, ihn von diesem Balkon zu werfen. Vielleicht war ich tatsächlich etwas zu weit gegangen.

Ihre Unterlippe zitterte, dann straffte sie ihre Wirbelsäule und schob ihre Gefühle zurück. »Ich bin so wütend auf ihn. Aber dann erinnere ich mich daran, dass er in der Hölle ist. Und ein Teil von mir möchte ihm einfach verzeihen, was er getan hat. Aber ich kann es nicht, ich kann es einfach nicht. Und welchen Unterschied würde es auch machen? Er sitzt dort fest und lehnt jede Hilfe ab, die ich ihm mit einer Berufung geben könnte. Es ist unerträglich.« Sie wandte sich ab und lehnte sich gegen das Balkongeländer. Ich löste die Ranken, die meine Haare hochhielten und mein Kleid an meinen Beinen fixierten, und ging auf sie zu. Seth stellte sich an ihre andere Seite und legte eine Hand auf ihren Rücken.

»Das Schicksal ist ein seltsamer Freund und ein herzloser Feind«, sagte ich zu ihr. »Ich weiß nicht, was deine Zukunft bereithält, Mylady, aber ich bin sicher, dass es etwas Wunderbares ist. Wie könnte es auch anders sein?«

»Danke, Geraldine«, murmelte sie und lächelte mir dankbar zu.

»Wenn er in zwanzig Jahren rauskommt, schlage ich ihm ins Gesicht«, erklärte Seth. »Er hasst mich verdammt noch mal, also wäre das besonders demütigend.«

Darcy lachte leise. »Wenn er in zwanzig Jahren rauskommt, schlage ich ihm selbst ins Gesicht.« Sie versuchte, zu scherzen, aber oh, ihre Augen waren ohne Licht, und das brach mir das Herz.

»Darcy?« Torys Stimme ertönte hinter uns, und ich drehte mich um und sah, wie sie die Treppe emporstieg. »Geht es dir gut?«

»Ja, mach dir keine Sorgen um mich. Genieße die Party, Tor! Ihr alle«, antwortete Darcy ernsthaft, während sie sich ihrer Schwester zuwandte.

»Ohne dich ist es keine Party«, sagte Tory mit gerunzelter Stirn. »Sollen wir zurück in mein Zimmer gehen?«

Panik durchzuckte mich, als ich zu Lady Darcy sah, und mir wurde klar, dass ich schnell zu handeln hatte. Ich musste sie zum Strahlen bringen, musste meine wunderbare Königin lachen und ihren Geburtstag genießen sehen. Ich handelte rein instinktiv, streckte meine Hand aus, legte eine Illusion über Seth Capella und verwandelte ihn in eine zwei Meter große Rübe mit Knopfaugen und einem winzigen Mund. Dann verpasste ich der Rübe eine Backpfeife, und Seht schrie vor Überraschung auf.

»Was zum Teufel?«, kreischte die Rübe, und Darcy und Tory brachen in schallendes Gelächter aus.

»Ich liebe dich verdammt noch mal, Geraldine«, prustete Tory und hielt sich die Seite, während Seth seine Rübenaugen auf sie richtete.

Er schaute an sich hinab, und als er meine Illusion entdeckte, huschte ein Lächeln über seine schmollenden Rübenlippen. »Nette Magie, Grus. Kann aber nicht mit der eines Erben mithalten.« Er streckte ebenfalls eine Hand aus, und ich schrie auf, als seine Magie über mich hereinbrach. Ich erwartete einen Angriff, aber stattdessen traf mich die kühle Berührung einer Illusion. Darcy lachte noch lauter, und der Klang war Musik in meinen Ohren. Sogleich senkte ich den Blick und stellte fest, dass der cholerische Chihuahua mich in einen riesigen buttrigen Bagel verwandelt hatte.

»Oh, ich muss schon sagen, ich mach mich ausgezeichnet als Backwerk, was?«, scherzte ich.

Seth lachte schallend, während ich gemeinsam mit den anderen grunzte, bis mir die Seiten wehtaten. Darcy ergriff meine Hand und Seth zerstreute die Illusion im selben Moment, in dem ich ihn von seiner befreite.

»Kommt schon, lasst uns tanzen gehen!«, sagte Darcy mit einem aufrichtigen Lächeln – und mein Herz hob sich wie eine Harpyie im Aufwind. Sie nahm auch Torys Hand, und Seth sprang vor uns her, gerade als Caleb die Treppe heraufkam.

»Was ist los?«, fragte Caleb und Seth stieß ihn gegen die nächste Wand.

»Wir veranstalten ein Wettrennen! Der Letzte auf der Tanzfläche muss seinen Arsch vor dem ganzen Arschlochclub entblößen!«, rief Seth und rannte los, und Caleb lachte, bevor er ihm mit einem Schub seiner Vampirgeschwindigkeit hinterherschoss.

»Das werdet ihr nicht tun! Ich werde eure Hintern versteinern, wenn ihr es wagt«, rief ich ihnen nach, während ich mich von meinen Königinnen losriss und ihnen nachjagte.

Ich schaffte es in den Festsaal, verlor sie aber in der Menge aus den Augen und gab schmollend auf. Sie würden es bitter bereuen, wenn sie auf dieser Party auch nur einen Schimmer einer Poritze zeigten.

»Geraldine, es ist Zeit für die Enthüllung der Torten.« Justin kam angerannt und ich sprang ihm vor Aufregung praktisch entgegen.

Ich winkte Tory und Darcy zu mir, damit sie mir folgten, und eilte zur Front des Raumes, wo ein Verhüllungszauber den Tisch mit den Torten der Königinnen verbarg. Ich hatte Stunden damit verbracht, sie zu backen und die außergewöhnlichsten Geburtstagstorten aller Zeiten zu kreieren.

»Wenn ich um Aufmerksamkeit bitten darf!«, rief ich, sobald die Band ihr Lied beendete, woraufhin die Menge sich zu Tory, Darcy und mir umdrehte. »Zunächst möchte ich euch allen dafür danken, dass ihr diese Festlichkeit zu einem glorreichen Ereignis für unsere Königinnen gemacht habt. Und jetzt … folgt eine Überraschung.«

Tory und Darcy musterten einander verstohlen – sie schienen geradezu verzweifelt danach zu sein, herauszufinden, was ich für sie auf Lager hatte.

Ich wedelte mit der Hand und löste den Verhüllungszauber, um die beiden Torten zu offenbaren, die auf dem Tisch thronten – jede bestimmt eineinhalb Meter hoch und nach dem Abbild unserer Königinnen geschaffen. Darcys Torte hatte wallende blaue Haaren und jede Schicht war in Gelb gehüllt, genau wie das Kleid, das sie jetzt trug. Torys Torte hingegen war mit dunklen Haaren verziert, und ich hatte sogar die rubinrote Halskette aus Zuckerguss um ihren Hals geformt.

»O mein Gott«, hauchte Darcy mit offenem Mund.

Tory starrte nur, sichtlich sprachlos angesichts meiner großartigsten Kreation. Einige Leute klatschten, während andere nur gafften und ein paar lachten, ihr Jubel schien angesichts dieses wahren Weltwunders ins Unermessliche zu steigen.

Ich nahm das riesige Messer, das auf dem Tisch auf mich wartete, und schnitt je ein Stück von Tory und von Darcy ab, platzierte sie auf Teller und reichte sie ihren jeweiligen Königinnen.

»Das ist wirklich etwas Besonderes, Geraldine«, sagte Darcy, während sie die Blaubeersoße in der Mitte ihres Stücks betrachtete, und ich strahlte vor Stolz.

»Oh, wow! Der Mond scheint heute Nacht wirklich hell!« Calebs Stimme drang zu mir, und ich sah, wie er mit übertrieben ehrfürchtigem Gesichtsausdruck auf etwas auf der anderen Seite des Raumes zeigte.

Ein Wimmern entwich mir, als ich Seth Capella oben auf dem Bankettisch entdeckte – wo er dem ganzen Raum seinen nackten Hintern präsentierte.

»Läppische Läpperei!«, schrie ich und drängte mich durch die Menge, um nah genug an ihn heranzukommen, um seinen runden und muskulösen Hintern wie versprochen zu Stein werden zu lassen. Mein panisches Herz setzte einen Schlag aus, und ich hob meine Hand, um meine Wut an seinem Hinterteil auszulassen. Aber in dem Moment kollidierte jemand mit mir und schlang mich in seine Arme. Die Musik setzte wieder ein, und ich wurde von einem perniziösen Plankton durch den Raum gewirbelt.

»Ich muss meine Königinnen rächen, Maxy-Boy!« Ich versuchte, mich aus seinen Armen zu befreien, aber er hielt mich fest, lachte leise und kehlig und brachte damit meine Grashalme zum Zittern.

»Er hat aufgehört«, säuselte er, und ich warf einen Blick auf den Banketttisch, wo Seth tatsächlich seine mächtige Mondlandschaft weggepackt hatte. »Entspann dich, Gerry.«

Seine Worte waren voller Sünde und Gefühl, wanden sich durch mich hindurch wie ein Aal, der in einem Netz gefangen war. »Na ja, vielleicht sollte ich wirklich ein bisschen herumtollen …«

Er packte meine Hüften, drückte mich gegen seinen Schritt, und ich spürte, wie sich sein Dorsch an mich presste. Schicke Sonnenblümchen! Meine Lady Petunia blühte bereits für seine Korallengarnele. Die lüsterne Venus stand heute Abend in meinem Horoskop und Junge, ich glaubte nicht, dass ich stark genug war, um ihren listigen Wegen zu trotzen. Und das wollte ich auch gar nicht.

Ich packte ihn am Hemd und knurrte an seinem Ohr: »Wenn du Rankenflusskrebs genug bist, dann komm mit und zeig mir, wie gut dein Schellfisch den Ocean Jive tanzen kann.«

»Keine Ahnung, was das bedeuten soll, aber ich bin dabei«, säuselte er verführerisch, seine Stimme wie eine Forelle im Meeressturm.

Ich stieß ihn von mir, rannte durch die Menge und in einen Gang, der von Porträts der Ladys gesäumt war. Ich hastete in den nächsten

Raum, weil ich nicht von meinen Königinnen dabei beobachtet werden wollte, wie ich mit Maxy-Boy die Fische in die Mangel nahm.

Schließlich schlüpfte ich in eines der Hinterzimmer, die ich geschaffen hatte – dort war die perfekte Nachbildung des Hofgartens östlich des Palasts der Seelen entstanden. Blumen hingen von einem Balkon, der den quadratischen Platz umgab, und gewundene kleine Pfade führten zwischen glitzernden Blumen hindurch. Ich eilte zu dem runden Steintisch im Herzen des Gartens und setzte mich auf die Kante, während ich auf die Ankunft meines lüsternen Löwenfisches wartete.

Es dauerte nicht lange, bis er mit einem verruchten Blick in den Augen ankam – und sofort ging mein Höschen in Flammen auf.

»Was zum Teufel soll ich mit all der scheußlichen Seide anstellen?«, knurrte er mit herausfordernder Stimme, während er mein Kleid musterte.

»Scheußlich?«, keuchte ich. »Wie kannst du es wagen, dieses Kleid zu beleidigen, das die Farbe eines gefallenen Apfels im Gras hat, wenn das gesprenkelte Licht auf seine …« Er küsste mich, und ich stöhnte, als seine Zunge in meinem Mund versank.

Ich stieß ihn mit einem Schrei der Empörung zurück und verpasste ihm eine Backpfeife, aber bei meinen Ziegen, ich war in seinem Bann gefangen. Und dagegen war nichts auszurichten.

Er grinste mich an, wie es Halunken immer taten, und ich biss mir auf die Lippe, als wäre sie eine saftige Wurst zwischen meinen Zähnen.

»Gefällt es dir, mich hart ranzunehmen, Gerry?« Er packte meine Hüften und schob meinen Po weiter über den Tisch, während er zwischen meine Schenkel trat. Mein Rock ließ ihm nur wenig Spielraum, aber wenn er meinen Ladygarten erreichen wollte, musste er sich eben anstrengen.

»Mir gefällt nichts an dir, du hinterlistiger … oh!«, er küsste die Muschel meines Ohrs, »… verschlagener … oh!«, er küsste meinen

Hals, »… bösartiger … oh!«, er küsste mein Schlüsselbein, »Seebär.«

Er lachte leise, zupfte am Kragen meines gloriosen Kleides und befreite eine meiner frechen Herzoginnen, bevor er mit seiner teuflischen Zunge über meine rosige Beere fuhr.

»Piranhas im Pulverfass«, keuchte ich, während Lady Petunia darum bat, umsorgt zu werden.

Maxy-Boy zupfte an meinem Rock und zog ihn immer weiter nach oben, während er versuchte, darunter zu gelangen. Dabei knurrte er vor Frustration. »Bei den verdammten Sternen, wo bist du unter all dem?«

»Oh, ich bin da drin, du kümmerliche Königskrabbe. Du wirst mich suchen müssen, als würdest du im Dunkeln nach Quallen angeln«, entgegnete ich stöhnend, und er ging auf die Knie, packte meine Beine und hob sie an, bis meine Heels auf seinen Schultern ruhten. Er begann, sich durch den Stoff zu wühlen, und ich fluchte in allen Farben, bis er schließlich nackte Haut fand und seine Zunge an meinem inneren Oberschenkel entlanggleiten lassen konnte.

»Feldhäcksler auf einem First-Class-Flug nach Fallington! Bring mich zu den östlichen Gipfeln und zeige mir deine Bergkrone!«

Er riss mein Höschen beiseite und sein heißer Sanddollar landete direkt auf meiner pochenden Rosenknospe. »Bratapfel an Heiligabend!«, stieß ich hervor, während er mich mit seiner Zunge auf neue Ebenen beförderte. »Bring mich zum Kleinen Wagen und hinauf zum Nordstern!« Sein nasser Rochen bewegte sich schneller, woraufhin ich vor Vergnügen aufschrie. »Sattellose Delfine im Seesturm! Ja, ja, ja!« Mein Kopf fiel nach hinten, als er mich ins Jenseits schickte, ein Hurrikan mich in seinen Griff nahm und in den Abgrund schleuderte.

Dieser Seebarsch war zugegebenermaßen der beste seiner Art, mit keinem anderen hatte ich je solche Wellen geschlagen. Aber das würde ich ihm nie sagen, sonst würde er zum beschränktesten aller Barrakudas werden.

»Lehn dich zurück!«, wies er mich an, und ich gehorchte und beobachtete, wie er seine Forelle aus seiner Hose befreite und meinen Rock so weit hochschob, dass er sich über meiner Taille bündelte. »Ich werde deine Herzmuscheln zum Hüpfen bringen, Gerry.«

»Du sexy Seeigel! Warum knöpfst du nicht deine saftigen Lippen zu und zeigst mir, was deine Seegurke kann?«

Max trieb seinen Schwertfisch in meine Wasserstelle, und ich schrie auf, als er mich unter sich fixierte. Dem Hering gefiel es, mich zu dominieren, aber oho, eine solche Herrschaft würde ich nicht dulden. Ich ertastete seine berüchtigten Brustwarzen durch sein Hemd und zwickte sie, woraufhin er ein wütendes Knurren ausstieß.

»Du fragwürdiger Finnwal, wie kannst du es wagen, eine Lady in der Economy-Lounge festzuhalten?«, schrie ich.

»Gib dich mir einfach hin. Vielleicht gefällt es dir ja sogar«, erwiderte er lachend und stieß noch härter in mich hinein – wie ein starker Specht in Rage.

»Korallengelee auf knusprigem Roggenbrot«, rief ich, während mich seine mächtige Meeresschildkröte vor Verlangen zittern ließ. »Oh, strahlender Schnellzug im Sternenstrudel! Strudel mich! Strudel mich!«

»Strudel dich?«, fragte Max, und ich nickte bestätigend, packte seinen Hals und zog ihn zu mir, um meine Kehle zu befeuchten. Seine Küsse waren frech und falsch, aber sie riefen die Teufelin in mir hervor.

Er steigerte sein Tempo, während er mich festhielt, und ich gab seinen Forderungen ausnahmsweise nach und heulte wie ein Affe in einer Kneipenschlägerei. »Ich bin jenseits des Berges und weit, weit weg! Wir werden in den Weidenkronen landen! Lass los, Maxy-Boy, lass los!«

»Fuck!«, fluchte er wie ein Seemann, und das schickte mich in den Maulbeerbusch. Meine Herzmuscheln hüpften wahrhaftig, und ich brach unter ihm zusammen wie ein an Land geworfener Oktopus. Maxy-Boy stöhnte, während er die Flunder weiter bearbeitete und mich mit seiner Tintenfischtinte füllte.

»Junge, heute hat Captain Hook die Schatzkiste gefunden, was?« Ich lachte, und Max stützte sich ebenfalls lachend auf mich.

»Er hat seinen Haken definitiv in Wendy versenkt«, sagte er, als würde das irgendeinen Sinn ergeben.

»Du bist ein wahrhaftiger Kuttelfisch, Maxy-Boy.« Ich tätschelte seine Wange. »Aber wenigstens weißt du, wie man die Samen des Lorbeerbaums sät.«

Scorpio
Virgo
Gemini
Aries
Cancer
Leo
Sagittarius
Taurus
Capricorn
Aquarius
Libra
Pisces

Max

KAPITEL 8

Ich war ein bisschen beschwipst. Nicht betrunken, aber irgendwie schwummelig. War *schwummelig* ein Wort? Ich betrachtete Gerry, die zu einem sündigen Bass auf und ab hüpfte, und entschied, dass es ein Wort war. Ich war schwummelig nach ihr. Nicht, dass ich so einen Blödsinn laut aussprechen würde, aber ja. Schwummelig.

»Hinfort!«, rief Geraldine, zeigte quer durch den Raum und rannte mit hoher Geschwindigkeit los, sodass ich ihr entweder hinterherjagen oder zurückbleiben musste. Ich war noch nie einem Mädchen hinterhergerannt, aber bei ihr war das selbstverständlich etwas anderes.

Sie schlüpfte zwischen tanzenden Körpern hindurch, und irgendwie verlor ich sie aus den Augen. Ich wurde in einer Menge von Arschlochidioten herumgeschoben, bevor ich mich am anderen Ende des Raumes wieder befreien konnte.

Stirnrunzelnd sah ich mich nach ihr um, konnte sie zunächst aber nicht entdecken. Erst der Klang ihrer Stimme lenkte meine Aufmerksamkeit auf die Bar.

»Glorioser Gipfelstürmer, das klingt gut! Ich glaube, meine blubbernden Brendas würden fantastisch damit aussehen – mit je einer meiner Ladys obendrauf, die wie freundliche Gentlefae auf einem Bergkamm die Welt bewundern.«

Ich schob ein paar Typen beiseite, erreichte die Bar und beugte mich darüber, bis ich Geraldine mit zwei Seniors entdeckte, die ich vage kannte. Der Typ, von dem ich ziemlich sicher war, dass er Chris hieß, vollendete gerade eine Tätowierung auf dem Arm des Mädchens – A. N. U. S. fürs Leben. Verrückte Vögel.

»Genau hier auf meinen Brüsten!«, verkündete Geraldine und zog ihr Kleid runter, sodass ihre Titten fast herausquollen. »Die linke Seite soll mit dem schönen und anmutigen Gesicht und den leuchtend blauen majestätischen Haaren von Mylady Darcy geschmückt werden. Und die rechte Seite soll das königliche und absolut bezaubernde Bild von Mylady Tory zeigen.«

»Auf gar keinen Fall!«, knurrte ich, als mir klar wurde, worum sie gerade gebeten hatte. »Du wirst deine Titten nicht mit den Gesichtern der verdammten Vegas verschandeln.«

»Du befehligst mich nicht, du übergroßer Seeigel!«, schrie sie, als hätte sie nicht vorhin erst meinen Namen gestöhnt. Als wäre ich nichts weiter als ein Ärgernis für ihre großartigen Pläne, sich Titten-Tattoos stechen zu lassen.

»Und du wirst dich nicht betrunken tätowieren lassen. Schon gar nicht mit den Gesichtern deiner Freundinnen auf deiner Brust!«, schrie ich und stürmte auf sie zu – fest entschlossen, sie von der Tätowierpistole wegzureißen, wenn es sein musste. »Willst du ernsthaft, dass jeder deiner Bettgefährten die auf und ab hüpfenden Gesichter deiner Freundinnen ertragen muss? Denn ich will sie verdammt noch mal nicht sehen, wenn ich mit dir zusammen bin.«

»Erstens hoffe ich, dass jeder an die Schönheit der Vegas denkt, während er sich mit mir vergnügt. Sie verdienen es, im Kopf eines jeden Faes zu sein, wenn er seinen Körper zum Abgrund treibt. Zweitens solltest du nicht davon ausgehen, deinen Thunfisch erneut in meinem Korb vergraben zu dürfen. Zwischen dir und Lady Petunia wurde keine Übereinkunft getroffen – und sie hat auch nicht die Absicht, das zu ändern.«

Ich gab es auf, vernünftig mit ihr reden zu wollen, und stürzte mich stattdessen auf Chris und seine Tätowierpistole. »Verlasse augenblicklich diese Party! Und wage es nicht, hierher zurückzukommen und auch nur einen einzigen Tropfen Tinte auf diese perfekten Titten zu setzen – sonst werde dich auf jede nur erdenkliche Weise zerstören.«

Der Typ widersprach nicht, sondern packte seinen Kram zusammen und verschwand.

»Wie kannst du es wagen, hier aufzutauchen, mich wie ein herrischer Seebarsch zu bevormunden und mir zu sagen, was ich auf meine blubbernden Begonien kritzeln darf und was nicht? Wo du doch genau weißt, dass ich nicht einmal mit der Wimper zucken würde, wenn du dir die Gesichter der anderen Erben auf deinen langen Lurch tätowieren lassen würdest?«

Geraldines wütende Tirade wurde durch einen lauten Knall von draußen unterbrochen, und sie schaute sich entsetzt um, als sie feststellte, dass der Saal vollkommen leer war.

»Oh, um alles in der tiefen, salzigen See! Wir verpassen es!«, schrie Geraldine, stürmte auf mich zu, packte meine Hand und riss mich fast von den Füßen, während sie mich zum Ausgang zerrte. Ich musste rennen, um mitzuhalten.

Wir eilten nach draußen, wo sich die anderen bereits versammelt hatten, und Geraldine bahnte sich ihren Weg durch die Menge und in Richtung der Zwillinge.

Über uns explodierten Feuerwerkskörper, aber ich konnte nicht nach oben schauen, bis wir Darcy und Tory erreichten, die mit den anderen Erben am Seeufer standen und das Schauspiel über dem Wasser beobachteten.

Darius stand nahe genug bei Tory, dass sie ihre Körperwärme teilen konnten, ohne einander wirklich zu berühren. Anstatt sich das Feuerwerk anzusehen, war sein Blick auf sie gerichtet, und dieser sehnsüchtige Gesichtsausdruck schmerzte meine Seele.

Seth hatte einen Arm um Darcys Schultern gelegt und versuchte, sie dazu zu ermutigen, den Mond anzuheulen, während sie ihn einen Po-schnüffelnden Hundejungen nannte und Caleb ihr laut lachend zustimmte.

Geraldine schob sich zwischen die Zwillinge, ergriff ihre Hände und strahlte beim Anblick des Feuerwerks. Ich stellte mich dicht hinter sie, schlang meine Arme um ihre Taille und atmete tief ein, während ich sie an mich zog.

»Es ist perfekt«, schwärmte Geraldine, und ich hob den Blick zum dunklen Himmel – gerade als das Feuerwerk in seine finale Runde ging und die Gesichter der Vega-Zwillinge für die ganze Welt sichtbar an den Himmel gemalt wurden.

Geraldine seufzte zufrieden, als wäre dies der beste Tag ihres verdammten Lebens, und wenn es nach mir ginge, würde sie auch die beste Nacht erleben.

Tory stöhnte leise, als ihr Gesicht vom Himmel verschwand, und Darius lächelte sie mit einer Hitze an, die einen Waldbrand hätte entfachen können. Es war verdammt absurd, dass sie nicht zusammen sein konnten, aber in dem Moment wurde mir klar, dass ich diese Sache zwischen Geraldine und mir nicht länger in dieser undefinierten Schwebe halten konnte. Ich wollte, dass sie mir gehörte. Ganz allein mir. Offiziell. Und ich würde alles tun, um das zu besiegeln.

»Danke für die wunderbare Party, Geraldine«, sagte Darcy herzlich und lächelte, während mein Mädchen vor Stolz strahlte.

»Ja«, stimmte Tory zu. »Ich kann mit voller Aufrichtigkeit sagen, dass dies die beste Geburtstagsparty war, die wir je hatten.«

»Glorreiche Gänseblümchen, ich werd mir gleich die Wangen salzen wie eine Fischerin im Sturm«, erwiderte Gerry mit rauer Stimme, entfernte sich von mir und riss die beiden in eine fette Umarmung.

Die Vegas lachten, als Geraldine sie so fest drückte, dass Knochen zu brechen drohten, und der Rest der Partygäste begann sich zu zerstreuen.

Tory schaffte es, sich aus der Superumarmung zu befreien, und lachte, als sie zurück zu Darius stolperte und er die Hand ausstreckte, um sie zu stützen, als sie fast auf den Hintern fiel.

»Warum habe ich das Gefühl, dass das die einzige Geburtstagsparty war, die du je hattest?«, fragte er sie, seine Hand lag noch immer auf ihrer Taille, während ein entferntes Donnergrollen sie wissen ließ, dass die Sterne nach wie vor auf sie herabblickten.

Tory zuckte mit den Schultern, beugte sich vor und flüsterte ihm etwas ins Ohr – aber ich war nah genug dran, um ihre Worte trotzdem zu hören.

»Das stimmt zwar, aber es ist automatisch die beste. Außerdem würde ich vielleicht genauso denken, wenn ich mein ganzes Leben lang auf schicken Prinzessinnenpartys gewesen wäre. Wer weiß?«

»Lass mich dich zurück zum Haus begleiten«, meinte Darius, und angesichts ihrer Blicke war ziemlich offensichtlich, was sie tun wollten, sobald sie nach Haus Ignis zurückgekehrt waren. Selbst wenn die Sterne das nie zulassen würden.

Tory zuckte mit den Schultern, als wäre es ihr scheißegal, aber diese Masche funktionierte nicht mehr. Sie verabschiedeten sich vom Rest und gingen zusammen weiter, dicht genug an einer anderen Gruppe von Ignis-Studenten, um die Sterne davon zu überzeugen, dass sie nicht allein waren, aber weit genug entfernt, um in Ruhe miteinander reden zu können. Das machte mein Herz glücklich und traurig zugleich, und für einen Moment starrte ich die Sterne an und fragte mich, warum sie mit ihrem Schicksal so grausam hatten sein müssen.

Darcy gelang es schließlich ebenfalls, sich aus Geraldines Fängen zu befreien, und Seth ging mit ihr zurück zu ihrem Haus, wobei er ein nerviges Lied über einen Wolf unter dem Mond sang. Darcy tadelte ihn halbherzig und flehte ihn an, verdammt noch mal die Klappe zu halten. Caleb hob die Hand zum Gruß und schoss dann davon.

Zurück blieb eine hysterisch schluchzende Geraldine, die völlig am Ende zu sein schien und immer wieder murmelte, dass dies der wunderbarste Tag überhaupt sei.

Ich lachte, als sie Schluckauf bekam, und hob sie in meine Arme.

»Zu meiner bescheidenen Bleibe, edles Ross!«, wies sie mich an und zeigte in die völlig falsche Richtung für Haus Terra, aber ich wusste, was sie meinte, also machte ich mich auf den Weg.

»Danke, dass du mich zu deiner Party eingeladen hast, Gerry«, murmelte ich, und sie kuschelte sich an mich, legte ihren Kopf an meine Brust und lächelte.

»Danke, dass du gekommen bist, du hocharomatischer Hummer.«

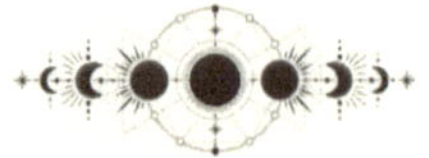

Ich wachte in Geraldines Zimmer auf, ein warmer Körper an meinen gepresst, und stöhnte, weil mein Kopf wie verrückt hämmerte.

»Fühlen wir uns wie ein durchgeknetetes Knautschbällchen?«, fragte Geraldine, und ich schlang meinen Arm fester um sie und vergrub meine Finger in ihren langen Haaren, während sie ihren Kopf an meiner Brust ruhen ließ.

»Wenn du mich damit fragen willst, ob ich verkatert bin, dann verdammt ja, das bin ich«, antwortete ich, und sie lachte mädchenhaft.

»Meine armen Jungs, ihr seht beide ausgesprochen griesgrämig aus«, säuselte sie.

»Jungs?« Ich richtete mich auf. Wie betrunken war ich letzte Nacht gewesen? Aber das sollte eigentlich keine Rolle spielen, denn auf keinen Fall hätte ich noch andere Fae an dieser Party teilnehmen lassen. Geraldine Grus gehörte ganz allein mir.

»Ja, du lächerlicher Lachs«, säuselte Geraldine, während sie sich vorbeugte, um mir einen Kuss auf die Lippen zu drücken. »Großer Maxy-Boy und kleiner Maxy-Boy.« Sie beugte sich vor, um als Nächstes meinen Schwanz zu küssen, und ich knurrte sie hungrig an, während sie mit dem Kopf in meinem Schoß verharrte, mich küsste, leckte und verdammt noch mal verrückt machte. Und ich wartete darauf, ob sie tatsächlich durchziehen würde, worum sie hier gerade tänzelte.

Ich bekam einfach nicht genug von diesem Mädchen. Ich hatte das Gefühl, dass sie sich wie ein Splitter unter meine Haut geschlichen hatte, den ich nie mehr entfernen wollte. Ich wollte nur, dass sie sich immer tiefer und tiefer in mich hineinarbeitete, bis sie mein Herz durchbohrte und für immer darin stecken blieb.

Noch nie hatte ich eine solche Anziehung zu jemandem verspürt. Noch nie hatte ich mich jemals so sehr nach jemandem verzehrt wie nach ihr. Und als ich so darüber nachdachte, wurde mir klar, dass ich dieses Katz-und-Maus-Spiel satthatte. Ich wollte nicht weiter darum kämpfen, sie an Land zu ziehen, nur damit sie wieder davonlief.

»Willst du mir gehören, Gerry?«, fragte ich sie, gerade als sie ihre Zunge über die Länge meines Schafts gleiten ließ und sich eine intensive Hitze in meinem Körper ausbreitete.

»Ich bin hier oder etwa nicht, du alberner Albatros?«

»Aber ich will mehr als nur diesen Moment. Ich will dich behalten, der ganzen verdammten Welt sagen, dass du mir gehörst.«

»Oh«, hauchte sie, setzte sich auf und sah mich mit einem Zögern in den Augen an, das mein Herz stocken ließ. Ihre emotionalen Mauern waren normalerweise dicht verschlossen, aber sie ließ sie ein Stückchen sinken, und mein Innerstes verkrampfte sich, als ich Trauer und eine Menge Bedauern spürte. »Ich … kann dir das nicht bieten, Maxy-Boy …«

»Was?«, fragte ich, weil ich mich weigerte, zu glauben, dass sie nicht das Gleiche fühlte wie ich. Dass sie nicht das Gleiche wollte wie ich. »Warum nicht?«

»Weil …« Sie wandte den Blick ab, seufzte leise, zuckte mit den Schultern und hatte offensichtlich nicht vor, darauf zu antworten. Aber das reichte mir nicht. Mein Herzschlag beschleunigte sich, als ich spürte, wie sie sich von mir entfernte. Das konnte ich nicht zulassen. Vor allem nicht, ohne zu verstehen, was zum Teufel los war.

»Willst du mich denn nicht, Gerry?«, fragte ich sie, packte ihr Kinn und neigte ihren Kopf nach hinten, sodass sie gezwungen war, mir in die Augen zu sehen. »Hungerst du nicht nach mir? Sehnst du dich nicht mitten in der Nacht nach mir und musst die ganze verdammte Zeit an mich denken? Denn ich tue all das, wenn es um dich geht. Und ich habe es satt, dich zu jagen und so zu tun, als wärst du nicht alles, was ich will. Ich kann nicht glauben, dass du nicht das Gleiche fühlst.«

»Oh, du bildhübscher Barrakuda«, seufzte sie, streckte die Hand aus, um meine Wange zu streicheln, und sah mich an, als würde ihr Herz brechen. Sie ließ gerade genug von diesem Kummer durch ihre Mauern dringen, um mich ihre Antwort fürchten zu lassen, und ein dicker Kloß bildete sich in meinem Hals, während ich auf den Rest wartete. »Unser Fleisch mag danach verlangen, unsere törichten Herzen mögen es auch tun, aber du und ich … wir sind wie Haie, die im Meer aneinander vorbeischwimmen. Aber ich hungere nach dem Geruch von Delfinblut im Wasser, während deine Schnauze Schildkröten kosten will.«

»Was?«

»Wir mögen jetzt in denselben Gewässern existieren«, fuhr sie mit ihrer verdammt seltsamen Erklärung fort. »Aber ich schwimme nach Süden zu den Delfinen, während du nach Norden in die Schildkrötenstadt schwimmst. Unsere Liebe könnte also niemals von Dauer sein.«

»Warum nicht?«

»Weil das unser Leben ist. Du wirst immer um einen Thron kämpfen, der nicht für dich bestimmt ist, und ich werde Myladys bis zum bitteren Ende unterstützen. Und sobald sie auf ihrem Thron sitzen und ihre Kronen beanspruchen, werde ich ihr ergebenster Untertan sein. Selbst wenn sie deinem Sitz im Celestia-Rat zustimmen, wie es früher üblich war, wirst du nie vergessen, dass du das haben willst, was ihnen gehört. Und dass ich auf der anderen Seite dieses Krieges stand.«

»Das ist mir egal. Außerdem, wenn wir beweisen, dass die Vegas nicht stark genug sind, um den Thron zurückzuerobern, und ihn stattdessen für uns beanspruchen, wirst du nach wie vor der Krone dienen wollen. Das kannst du tun, indem du stattdessen mit uns zusammenarbeitest.«

»Eher würde ich Lady Petunia für alle Zeiten versiegeln – und zwar dichter als eine Weihnachtsmuschel –, als euch verdorbenen Halunken jemals zu dienen!«, schrie sie und sprang aus dem Bett. Aber ich fing sie auf und rang sie kopfschüttelnd nieder. Ich würde sie nicht einfach so davonlaufen lassen.

»Na schön, vergiss den letzten Teil. Gegenwärtig kümmere ich mich um nichts davon«, knurrte ich. »Ich will nur dich.« Ich beugte mich vor und nahm Besitz von ihren Lippen, küsste sie, als wäre es vielleicht das letzte Mal, und ließ sie mit meinen Gaben spüren, wie sehr mich das verletzte. Auch wenn sie sich nicht von meinen Gefühlen beeinflussen lassen wollte.

Geraldine wehrte sich zunächst gegen mich, bevor sie dahinschmolz, auftaute, sich für mich öffnete und mich nach unten zog, sodass mein

Schwanz zwischen ihre Schenkel drang. Und irgendwie begannen wir, uns als eine Einheit zu bewegen und uns so natürlich zu verbinden, dass es einfach von selbst passierte.

Sie stöhnte in meinen Mund, während ich mich weigerte, diesen Kuss zu unterbrechen, und meine Hüften langsam kreisen ließ, während sie ihre Beine um mich schlang und sich in meine Armen fallen ließ.

»Du sündiger Salamander«, keuchte sie, als ich tiefer und härter zustieß, sie einforderte und mich ihr im Gegenzug aufs Neue anbot. »Du farbenfrohe Feuerkrabbe, du hungriger Hai, du kühne Krabbe, du dreister Delfin!«

Ich drang noch härter in sie ein, während ich sie erneut küsste, und plötzlich brach der Damm zwischen uns. Sie schrie auf, und ich ergoss mich tief in ihr, wobei ich vor Lust stöhnte. Denn dieses Feuer zwischen uns brannte heiß genug, um uns zu verbrennen.

»Meine furchtlose Forelle, du weißt nicht, wie schwer es ist, dir einen Korb zu geben«, hauchte sie, als ich auf sie hinunterblickte, keuchend und stirnrunzelnd, während eine einzelne Träne über ihre Wange kullerte und im Kissen landete.

»Warum versuchst du es dann?«, fragte ich, unsere Körper noch immer vereint. Alles, was ich für sie empfand, färbte die Luft um uns herum mit dem Geschmack meiner Gefühle, da meine Gaben sie frei verströmten. Und ich versuchte nicht einmal, es zu stoppen. Ich wollte, dass sie spürte, wie wichtig sie mir war, dass sie alles verstand, damit sie aufhörte, mich abzuweisen.

»Weil ... ich hier lediglich mit dir Flipper spiele, meine Flossen nass mache ... Ich kann nicht ... Ich sollte nicht ... Ich hätte nicht ...«

»Was?«, entgegnete ich, jetzt wirklich in Panik. »Sag es mir!«

»Es ist ein Geheimnis«, flüsterte sie. »Nicht einmal Myladys wissen bisher davon. Es ist noch nicht lange her, dass es arrangiert wurde, und wir haben beschlossen, es vorerst für uns zu behalten, damit wir noch eine Weile mit tollkühnen Thunfischen herumtollen können, bevor es alle wissen und wir uns respektvoller verhalten müssen.«

»Was meinst du mit ›wir‹?« Mein Puls pochte in meinen Ohren, während ich darauf wartete, dass sie antwortete.

Ihre Hände landeten auf meinen Schultern, und sie schob mich sanft, aber bestimmt zurück, sodass ich mich aus ihr zurückziehen musste, während sie einen tiefen Seufzer ausstieß und aus dem Bett stieg.

»Wenn ich es dir sage, möchte ich, dass du einen magischen Pakt mit mir eingehst und versprichst, es keiner anderen Seele zu erzählen, bis ich bereit bin, es selbst zu enthüllen«, sagte sie, während sie einen seidenen Bademantel mit Seewolfmuster aufhob und ihn anzog, um sich zu bedecken.

Sie fand meine Boxershorts auf dem Boden und warf sie ebenfalls rüber, da sie dieses Gespräch offenbar nicht nackt führen wollte.

Ich stand auf und runzelte die Stirn, als ich sie anzog, gefolgt von meiner Hose von letzter Nacht, bevor ich mit ausgestreckter Hand auf sie zustürmte. »Sag es mir.«

»Es tut mir leid, meine saftige Seezunge«, flüsterte sie, bevor sie meine Hand in ihre nahm und darauf wartete, dass ich den magischen Schwur mit ihr ablegte. »Ich schwöre, dir die Wahrheit über meine Situation zu sagen«, murmelte sie.

»Ich schwöre, dein Geheimnis zu wahren, bis du bereit bist, es anderen zu sagen.« Ein magisches Klatschen ertönte zwischen unseren Handflächen, um den Deal zu besiegeln, und ich wartete darauf, dieses verdammt große Geheimnis zu erfahren.

»Ich habe in jüngster Vergangenheit eingewilligt, eine arrangierte Ehe einzugehen«, hauchte Geraldine. »Unsere Eltern haben diese unter dem Gesichtspunkt einer vorteilhaften politischen Verbindung arrangiert, und weil wir beide mächtige Fae sind, die wahrscheinlich mächtige Erben hervorbringen werden, wenn wir uns fortpflanzen …«

»*Wer?*«, fragte ich sofort, meine Stimme ein Knurren aus den Tiefen meiner Kehle, während Angst und Wut mich gleichermaßen erschütterten.

Wie zum Teufel war das passiert? Warum hatte ich davon nichts gewusst? Und warum zur Hölle hatte sie dem zugestimmt?

»Er ist ein Gentlefae mit guter Erziehung und tadelloser Moral ...«

»Das kümmert mich einen Scheiß. Und es sollte auch dich nicht kümmern. Denn es stört dich offensichtlich kein bisschen, wenn ich deine Moral verderbe, wenn wir allein sind.«

»Weil wir nicht wirklich wir selbst sind, wenn wir so sind«, sagte Geraldine, der Tränen über die Wangen liefen, aber ihr stoischer Gesichtsausdruck ließ keinen Sinneswandel erkennen. »Aber die wirkliche Welt wartet auf keine Fae, und ich weiß genau, welches Leben ich führen möchte – eines, in dem ich Myladys diene. Ich werde besser darauf vorbereitet sein, ihre Stärke zu gewährleisten, wenn ich einen ebenso hingebungsvollen, loyalen Ehemann an meiner Seite habe.«

»Wer ist es?«, zischte ich. Dem würde ich sein verdammtes Genick brechen.

»Justin«, murmelte sie.

»Masters? Dieser eingebildete kleine Arschkriecher, der an Tory Vega herumgeschnüffelt hat? Warum hast du dich darauf eingelassen, obwohl er hinter ihr her war?«

»Natürlich hat er seinen Hut vor Myladys gezogen. Sie müssen starke Partner mit mächtigen Familien finden, die politisch mit ihren Interessen übereinstimmen. Aber leider hat es nicht sollen sein. Myladys sind sich ihrer Sache mehr als sicher und wollen sich im Moment nicht auf politische Spielchen einlassen, wenn überhaupt. Also bin ich die naheliegende Alternative.«

»Die naheliegende Alternative?«, fragte ich ungläubig. »Was ist mit der Liebe?«

Sie lachte traurig – fast schon höhnisch – und schüttelte den Kopf. »Ich bin nicht so dumm, nach Liebe zu suchen. Was unser Königreich jetzt braucht, ist Stärke und Einigkeit. Das hat nichts mit Liebe zu tun. Es geht um Macht, Position, Stärke – all die Dinge, die das Faesein erfordert. Du solltest genug darüber wissen – ich weiß, dass deine Eltern eine politische Verbindung waren.«

»Genau deshalb weiß ich auch, dass ich selbst nie einer zustimmen würde!«, brüllte ich. Es fraß mich auf, dass ich ihr nicht erklären konnte, dass diese Schlampe nicht meine Mutter war, sondern eine Hochstaplerin, die meine leibliche Mutter getötet hatte, um sich einen Platz an der Seite meines Vaters zu ergaunern. Und das alles, weil sie entschlossen gewesen war, sich an ein Arrangement zu halten, das genau dem entsprach, für das sich Geraldine entschieden hatte. »Sie sind unglücklich miteinander und voller Hass. Ihre ganze Beziehung ist nur Show.«

Geraldine lächelte traurig. »Deshalb ist Justin eine gute Wahl für mich. Er ist ein treuer Freund, ein wahrer Unterstützer der Krone sowie ein guter Mann. Ich werde lernen, ihn auf meine Weise zu lieben, und ich weiß, dass wir glücklich genug sein werden. Zumindest kann ich mir bei ihm der Freundschaft und des Lachens sicher sein. Eine andere Verbindung hätte viel schlimmer sein können, man braucht sich nur Darius anzusehen, um das zu erkennen.«

»Aber warum überhaupt eine arrangierte Ehe? Warum nicht nach Glück streben?« Ich war verdammt noch mal unfähig, diese Farce zu akzeptieren, die sich vor meinen Augen abspielte.

»Weil mich auf dieser Welt nur eins wirklich glücklich machen kann. Und das ist, Roxanya und Gwendalina Vega auf den Solarischen Thron steigen und unser Königreich regieren zu sehen. Und eine Tändelei mit einem Celestia-Erben wird mir das nicht garantieren.«

Ihr Kinn war hocherhoben und ihr Blick trotz der Tränen

unerschütterlich. Und während meine Seele mit einem lauten Krachen zu zersplittern schien, nickte ich.

»Ich werde nicht aufhören, zu versuchen, dich umzustimmen«, warnte ich sie.

»Dann wechsle die Seiten, wenn du mich wirklich mehr als alles andere willst«, forderte sie. »Unterstütze die Krone, beuge das Knie vor den Vegas und akzeptiere sie als deine wahren und mächtigen Herrscherinnen.«

Ich verzog entsetzt das Gesicht und schüttelte heftig den Kopf, was die Kluft zwischen uns nur noch größer werden ließ. Wir standen auf entgegengesetzten Seiten eines Krieges, und weder sie noch ich würden jemals über den Graben springen.

»Dann gibt es nichts mehr zu sagen, mein schlüpfriger Seebarsch.« Sie streckte die Hand aus und zog ihre Schlafzimmertür auf, um mir zu bedeuten, zu gehen.

Ich ging langsam darauf zu, blieb aber auf der Schwelle stehen, denn der Gedanke, sie so zu verlassen, zerriss mich in zwei Teile.

»Wann?«, fragte ich.

»Nach dem Abschluss«, antwortete sie und hob ihr Kinn. »Es soll eine große Sommer-Zeremonie werden. Eine Machtdemonstration, genau wie bei Darius' Hochzeit mit Mildred.«

Ich nickte wieder und biss mir auf die Zunge, um nicht zu schreien, wie beschissen alles war, was sie gerade gesagt hatte. »Dann gib mir diese Zeit«, sagte ich. »Zwei Jahre. Zwei Jahre, in denen wir ficken, streiten, einander lieben und all die anderen Dinge tun können, die wir nicht mehr tun können, wenn du vor den Altar trittst. Gib mir diese Zeit, um dich davon zu überzeugen, dass dieses Leben nicht das ist, was du wirklich willst. Wir müssen nie über Politik reden, wir müssen es auch niemandem erzählen, wenn du das nicht willst. Wir können uns vor der Welt verstecken, zumindest für eine Weile.«

»Ich …« Ihr Blick verriet, dass sie unbedingt Ja sagen wollte, aber furchtbare Angst davor hatte.

»Denk darüber nach«, sagte ich und hielt mich davon ab, sie weiter zu überzeugen. »Ich werde auf dich warten.«

Ich verließ sie mit einer schweren Last auf der Brust – und einem Feuer in meiner Seele. Ich wollte sie überzeugen, zuzustimmen. Und dann würde ich diese zwei Jahre damit verbringen, ihre Liebe zu mir auf ein solches Niveau zu heben, dass sie mich keinesfalls mehr aufgeben können würde.

Entweder das – oder sie würde mir das Herz aus der Brust reißen und es vor meinen Augen zerquetschen.

Sie war das Risiko wert. Also ging ich es ein.

NACHRICHT DER AUTORINNEN

Puh, das war mal 'ne Story, was? Ehrlich gesagt, glaube ich, dass dies in gewisser Weise das schwierigste Buch war, das wir je geschrieben haben. Und das allein schon deshalb, weil Geraldine eine ganz eigene Stimmung hat. Dieser längere Ausflug in ihre Gedankenwelt hat uns definitiv aus unserer Komfortzone gedrängt.

Wir hatten immerzu Fischlisten offen, ständig Thesauri zur Hand und haben Bearbeitungsrunden über Bearbeitungsrunden gemacht, um das Ganze noch Geraldine-iger zu machen. Und ich hoffe wirklich, dass ihr mir zustimmt, dass es sich gelohnt hat.

Dies war ein Einblick in die großartige Gedankenwelt einer unserer beliebtesten Figuren und ihre unwahrscheinliche Romanze mit dem schlüpfrigen Seelachs. Und ich hoffe, dass ihr gelacht, geweint und mindestens dreimal »Was zur Hölle?« geschrien habt.

Mit ganz viel Liebe
Susanne und Caroline
XOXO

IHR WOLLT MEHR?

Um mehr zu erfahren, kostenloses Lesefutter zu erhalten und unserer
Lesergruppe beizutreten, scannt einfach den QR-Code unten!